江苏省电力作家协会

JIANGSU ELECTRIC POWER WRITERS ASSOCIATION

苏电文丛 第一辑

苏电文丛

生活若小

罗佳宝 著

天津出版传媒集团

百花文艺出版社

图书在版编目（ＣＩＰ）数据

生活若小 / 罗佳宝著 . -- 天津 : 百花文艺出版社，
2024.1
（苏电文丛）
ISBN 978-7-5306-8590-7

Ⅰ . ①生… Ⅱ . ①罗… Ⅲ . ①散文集－中国－当代
Ⅳ . ① I267

中国国家版本馆 CIP 数据核字 (2023) 第 198642 号

生活若小
SHENGHUO RUO XIAO
罗佳宝　著

出 版 人:薛印胜
责任编辑:赵　芳
装帧设计:鸿儒文轩·书心瞬意
出版发行:百花文艺出版社
地址:天津市和平区西康路 35 号　　**邮编:**300051
电话传真:+86-22-23332651（发行部）
　　　　　　+86-22-23332656（总编室）
　　　　　　+86-22-23332478（邮购部）
网址:http://www.baihuawenyi.com
印刷:三河市华东印刷有限公司
开本:880 毫米×1230 毫米　1/32
字数:139 千字
印张:6.5
版次:2024 年 1 月第 1 版
印次:2024 年 1 月第 1 次印刷
定价:48.00 元

总　序

开拓文学之境，勇攀创作高峰

　　江苏省电力作家协会一次推出十位电力作家的十部文学作品，以文学丛书的宏大气势集中发力，进入社会和读者视野，可喜可贺！

　　这是江苏省电力系统学习贯彻习近平总书记关于文艺工作重要论述和党的二十大报告对文化建设新部署新要求所取得的成果。我们的作家深刻把握新时代文艺工作的定位和使命，增强文化自觉，坚定文化自信，站在为国家立心、为民族立魂、为时代立传的高度，以强烈的历史担当和瑰丽的文学画卷，充分展现新时代的精神图景。从这十位作家的十部不同题材、体裁的作品来看，他们都善于从平凡中发现伟大、从质朴中寻觅崇高、从自己融入人民群众的实践中发现真善美，用情用力地注重作品质量，形象生动地表现时代之美、劳动之美、自然之美、生活之美、心灵之美。品读他们的作品，能够触及作者的心声，感悟作者的心动，体悟作者为职工抒写、为人民抒怀、为事业抒情的生动笔触中的文字之美、语言之美、文学之美。在敬佩之余也深受激励。

这是实施"中国新时代电力文学攀登计划"、奋力推进新时代电力文学高质量发展在江苏电力落地的可喜成果。"中国新时代电力文学攀登计划"旨在不断推出优秀作家的优秀作品。江苏省电力作家协会集中推出十位作家的十部作品，体现了电力团体组织的工作成效，彰显了电力团体作家队伍中个体创作的丰硕成果，彰显了电力团体攀登进取精神。丛书题材、体裁多样，呈现出文学文本的丰富多彩性。小说故事情节跌宕起伏、引人入胜，人物栩栩如生；散文情感细腻、文笔清新，形散而神不散；诗作文采飞扬，飘逸灵动。十部佳作感情真挚，表达精练，文以载道，文以言情，文以言志。就像将各种水果收入果篮那样，一并奉献给读者，使人悦目娱心，精神振奋。值得称道的是，国网江苏省电力公司为江苏省电力作家协会营造了一种积极向上、团结和睦、共同进取的氛围，这种氛围，促进了电力文学的繁荣发展，促进了作家们相互学习、相互交流、相互激励、相互提高。

这套文学丛书的"闪亮登场"，给中国电力作家协会团体会员单位提供了可以效仿的榜样。阅览这十部出自江苏省电力作家之手的作品，不禁被江苏省电力作家协会的"倾情"、十位电力作家的"倾心"所感动：江苏省电力作家协会集中发力，倾情投入，邀请文学界知名作家、评论家、编辑家集中审读研讨、修改打磨书稿，最终推出一套优秀的文学作品，难能可贵。身在江苏省的电力作家肩负重任，一肩挑"本职工作"，一肩担"文学创作"之任务，深扎电力沃土，工作之余伏案笔耕，把自己生活中的积淀、对生活的热爱、生活中的感悟，化为文字，实属不易。组织的关怀、作家的付出都是值得的。

这套丛书为我们电力团体组织带来很大的启示：我们的文学创作者要准确把握时代命题与电力文学的关系，深入电力一线，把自己的思想、情感，同生活、同人民融为一体，做到"身入""心入""情入"，以独特的眼光洞察世事人生，以真挚情感投入作品创作，记录时代巨变、讴歌电力系统取得的成就和职工精神风貌，不断推出反映时代精神的电力题材精品力作，开拓电力文学新境界，攀登电力文学新高峰。这也是新时代对广大电力文学创作者的要求！

一次集中向社会、读者推出十位作家的十部作品，是中国电力作家队伍发展壮大的体现、取得的优秀成果的展示。这也是对中国电力文学、对中国文学的崇高致敬！

潘　飞

中国电力作家协会驻会副主席，《脊梁》执行主编

2023 年 8 月 31 日

代　序

生活中的小和大

我特别喜欢这部散文集的书名——《生活若小》。我们的生活不就是由许多平凡而琐屑的日常小事构成的吗？普通人哪有什么轰轰烈烈、惊天动地的大事？要说大事，对于平凡人来说，他平凡日子里所有的事体都是大事，所有的事体又都是小事。所谓大事、小事，完全是个人体会和内心感受。油、盐、酱、醋、茶都是小事，难道不是比天大的事还大？生活、休闲、健康的质量全在这五个字当中了。同样，生老病死大还是小？崇尚自然的规律，就不存在大事、小事之别。所以，生活都是小的，所经历的也全是小事。"生活若小"，这四个字不做作，也没有压迫感，更不是故弄玄虚，自然也就令人心生好感。

罗佳宝的这部散文集，确实是由许多"若小"的日常生活组成的。

　　集子共分三章，每章都有相对独立的主题，而章与章之间，又有贯通的文气。第一章《旧时相识》里，杂花生树式地收入了十七篇作品，这些写童年记忆的文章无不在记叙"小事"：老去的旧村庄；破败的老屋；爷爷的旧木箱，旧木箱里的自行车证、晶莹剔透的冰糖；外婆的银手镯；农家春节的热闹；童年的玩伴；乡村小学校里久违的读书声，随口编就的童谣；暑假最后一天，和邻家女孩躺在大地上的别样感受，两小无猜的喁喁；村头的一场戏；关于秋收的往事；牧童和老水牛；桂花飘香、天高云淡的九月天；对人世间依依不舍的培叔；一条叫小白的狗，等等。这些来自童年和乡村的记忆，是一代人的记忆，是一个时代在我们心中留下的印痕。

　　第二章《适时长大》，开头是以书信的形式记录一个小家庭的日常琐屑：在平凡的日子里，一个小生命来到了，从此，这个家庭有了热闹，有了稚语，有了童趣，有了鸡飞狗跳。女儿、儿子，是家长手心里的宝，他们的一切都是可爱的，而随他们逐渐长大，他们开始体味到快乐和烦恼。这一章里还有同样在成长的文学司机老刘，一位可敬的医生，一位可爱的出租车司机，一名爱打鼓的幼童，还有洪水卷不走的人间大爱，出差途中的各种偶遇和奇思妙想，名胜景点带来的思索。作者都是从小的角度展开铺叙，并没有刻意去追求所谓的小中见大。小就是小，小才可爱，小才真实，难道不是吗？小，遍布我们生活的各个角落。但是，无论哪种小，总闪动着作者的思想和情感，总在引领着人们于小中有所发现、有所体悟。

　　第三章的《有时生活》可以看成这部散文集的"文眼",这里的小是日常发现,与生活同步、同调、同频,是小情调、小生活、小感悟、小情怀。从这些小中,我们也能感受到作者努力在抒发的大。比如《梨树》——一棵普通的梨树,一对老年夫妻庸常的一生。无儿无女的他们,长年累月地亲近这棵梨树,陪伴着梨树,或者说,梨树陪伴着他们。但终于有一天,这对老人中有一人先离开了人世。这棵梨树是被"无心插柳"在马路边的,后被女主人移栽到门口。女主人走了,在洁白的梨花再次开放的春天里,男主人砍了这棵树,看着残忍,细思之下,却令人深深感怀。当春风再度吹来,老屋已经易主,春风中,一株梨树的幼苗从老根处生长出来。这篇文章很短、很小,却让人难忘。再比如《白色的自行车》。把上系着一条红绳的白色自行车在女人的梦中丢了。男人为了寻找这辆梦中丢失的自行车,满大街溜达,甚至动了报警的念头。当然,大街上是找不到这辆自行车的。后来,他们在QQ空间里发现了这辆自行车——当然是一张自行车的旧照片。发布的时间正是若干年前,他们初相恋的那个时候。于是,不仅找到了自行车,也找到了已丢失的许多东西。以上两个短章,当然也有某些刻意的成分,但绝不过分刻意。这样的例子还能举出一些,或者说,这一章中的不少文章都是这样的气质。《从明天开始》里高考没有发挥好的女生偶遇一个陪母亲摆地摊的残疾小女孩,后者给予前者寄希望于明天的启发。《阿多》里的阿多因为在特殊的家庭环境里长大,成年后过着让朋友们无法理解的清心寡欲的生活,他后来去了夕阳所在的地方。这些文章说明,刻意也可以变成随意的,或许也可以说,刻意也是作者的一种随心所欲。

我觉得作者继续这样刻意下去也挺好。

　　小气象的文章组合在一起，有了大气势、大气象，就像涓涓的小溪从山间流下，一路欢歌，去与另一条小溪汇合，几次汇合之后，就造就了一条奔腾的大河。这就是《生活若小》。作者能将小组合在一起，形成系统，形成厚度，摩擦出温度，见出情怀，真正难能可贵。

陈　武

著名作家

2023 年 9 月 3 日

目录

第一章　旧时相识

第二章　适时长大

第三章　有时生活

第一章　旧时相识

对于村庄的记忆，关于一砖一瓦，一草一木，每一个活着又去世的人，每一件发生又遗忘的事，都成了遥远却又明亮的恒星。

爷爷的木箱

　　说起来也奇怪，自从爷爷去世之后，他以前居住的老屋一下子老了很多。

　　爷爷常说，屋子得有人住，一旦长时间没有人住，屋顶很快就会漏雨。我曾经问过爷爷一个问题，人死了以后会去哪儿？爷爷说，屋子在哪儿，人就在哪儿，屋是人的根。

　　遗憾的是，爷爷走的时候，是在医院的手术台上。假如不是父辈们用"做完手术就可以走回家"的话说服了他，他人生最后的一刻应该驻留在老屋的檐下。

　　爷爷生病之后，突然就变得唠叨起来。他不厌其烦地跟我一遍又一遍讲着以前的故事，说到哪一年花钱找人用花轿将奶奶娶进门，哪一年他坐在老屋的堂屋里父亲和母亲敬他和奶奶茶，哪一年我出生时屋里屋外忙成一团糟……

　　老屋门前有一棵石榴树。爷爷说那是我出生的那一年奶奶种下去的。小时候夏天的夜晚，爷爷将木板床搬到石榴树下，用湿毛巾将铺在木板床上面的凉席擦拭一遍，他穿着洗旧的白色汗衫，赤膊裸足，仰面朝天平躺在木板床上，双手交叉枕在头下，肚子上还盖着带着晒干草木味的蒲扇。我爬到木板床上，在爷爷身旁并排平躺，质地清凉纹路清晰的竹席亲吻着裸露在夏夜空气里的皮肤。我一颗接着一颗数着夜空里的星星。数了一会儿爷爷就会说，数到一百的时候就给你讲个故事。虽然爷爷的箱底里只有那么几个故事，不过每一个都唇齿留香。

爷爷的老屋里曾经住着一个木箱，那是用香樟木做的木箱。每逢晴日的早晨，明净的阳光总是写意地照射在它磨亮的外棱上。它像一位历经沧桑的老人静坐在床头，等待着向别人敞开心扉。

木箱盖上安装了老式挂锁的锁扣，总有一把一面有着地球图案、一面印着"上海"两个字的铁锁挂在上面。家里所有锁的钥匙都挂在爷爷的裤腰上，钥匙圈上还挂着一个磨得锃亮的铜铃铛。爷爷走起路来，像一头远道而来又风尘仆仆的骆驼。虽然过年时常听从外面打工回来的大人们说，上海是个大城市，有许多看不到顶的高楼大厦，但年幼的我着实不怎么喜欢它。

木箱是爷爷用来存放家里贵重物品的。奶奶出嫁时的首饰就保存在里面。那些首饰说不上贵重，逢年过节走亲访友时奶奶都会小心翼翼拿出来戴上。除此之外，全家人的身份证、爷爷的自行车证、用带有蓝色条纹框的白色手帕包起来的钱票，也都放在木箱里面妥善保管。对我而言，木箱里最吸引我的东西是一颗颗晶莹剔透的冰糖。

每次爷爷拿钥匙打开那把不怎么招人喜欢的铁锁，那清脆的开锁声就像敲响甜蜜的钟声。我脏兮兮的手攥着大小不一的两三块冰糖，以最快速度冲到小伙伴面前。当然，我会"慷慨"地让公认最馋嘴的那个人回家撕下作业本中没有写过字的纸，我用纸将冰糖包起来，放在石板上，再拿一块砖头对准冰糖的位置轻砸一下，待冰糖细碎后，再如履薄冰地打开纸，这样一来大家就可以共享"甜蜜时刻"了。

我没有用爷爷腰间的钥匙打开过木箱，却用爸爸的老虎钳"击败"了那把铁锁，"上海"的威严瞬间崩碎，一种莫名的恐惧随之侵袭而来。知错的我在纸上写下了歪歪扭扭的三个字"对不起"，之后任性地往嘴里塞满了冰糖，手里又攥了几块，跑到离我家最远的一个小伙伴家，赖在他家一直玩到夜幕降临。

等到母亲呼唤我回家吃饭的声音打破夜幕下村庄的宁静，我颠着不安分的脚步回到家门口，爷爷腰间那熟悉的铃铛声、父亲和母亲的交谈声、门口趴着的饥肠辘辘的狗的叫唤声……在我的耳边混响出一场无趣嘈杂的音乐会。爷爷并没有揭露我的错误行径，像往常一样，晚饭吃完大家各自忙活自己的事情。那是我吃过的最漫长的一顿晚饭。

隔天放学回来，木箱的锁扣上换上了一把崭新的铜锁，几颗冰糖放在木箱的盖子上，依旧那么晶莹剔透。爷爷说，小孩子吃太多糖对牙齿不好，每天少吃点。从那以后，我再也没有自行打开过木箱。

爷爷住院之后，中途曾回过老屋一次。那次爷爷坐在门口的凉椅上，注视着母亲用麻绳修理着竹篓，他用很低的声音对母亲说，等我好了，有力气了，再重新编一个新的。爷爷有一双布满老茧但却灵活的手，他右手的食指被烟熏上一层结实的黄褐色。母亲侧过脸，点了点头，继续补着竹篓。那只竹篓用了很久，盛满过一篓又一篓的猪草和我一个又一个暑假。

后来爷爷的病情严重了，不得不又住进了医院。从那以后，爷爷就再也没回来过。

在一个秋日的傍晚，我站在老屋门前，门前的石榴树佝偻了许多。萧瑟的秋风穿过老屋破旧的门窗灌了进去，夕阳斜斜映在岁月风蚀过的砖墙上，门上那把崭新的大铜锁将旧时光锁进了无声的岁月里。晚归的飞鸟掠过暮色苍凉的天空，远处，纯净的天空里一闪一闪亮着几颗星星。

假如人死后会变成星星，爷爷会是哪一颗呢？我听着从田头吹来的晚风敲响屋顶的瓦片，在错位的时空里仿佛听到爷爷爽朗的笑声。我觉得爷爷应该回来过，这里是他的根。

那只香樟木箱一直由我保存着，尽管它放在家里任何一个角落都显得格格不入。不过这也不重要了，只要它在就好了。

邂逅老屋

"不知细叶谁裁出，二月春风似剪刀。"四月的春风不似二月的"剪刀"那般心灵手巧，裁不出纤细的杨柳叶，但却吹开漫山遍野的油菜花，那一片灿黄色的花海像给大地铺上一层厚实的地毯，赏花的游人纷至沓来，采蜜的蜂蝶也跟着络绎不绝。

"随风潜入夜，润物细无声。"一场春雨一场暖，不断攀升的温度慢慢脱去人们厚实的外衣。换上轻盈春装的人走起路来更加富有生机。春雨淅淅沥沥地落在田野里的麦苗上，静悄悄地温润着干涸龟裂的河底。春姑娘，你来，真好。

难得清闲。雨后的清晨，我独自晃悠在乡间小路上。于是，我便邂逅了眼前这座老屋。它一声不响地伫立在田头，像一位留守的老人，孤独而又落寞。

老屋门前小菜园里葱葱郁郁长着几株翠绿的莴苣，几簇细小的油菜花绵弱无力地点缀着春天，招不来蜂，引不来蝶，不过也是尽力在绽放。雨打后欲化作尘泥的花瓣贴在被雨水浸润过的泥土上，像散落在青草丛中的玻璃弹珠。齐排插种的绿葱饱饮春露，葱尖已冒出鼓胀的蕊包。

老屋的泥土墙上，一道道任性、无规则的裂纹斑驳着它的沧桑。老屋的木门已经关合不上，门框因土墙塌陷而受到挤压，两扇门板中间裂开一道长长的门缝。门环惹铁锈，铁锁守旧屋，老屋已经很久没有人居住了。

门前笔直的电线杆斜向下延伸着两根电线，牢牢地固定在屋檐下土墙上。门口的电表箱稍许泛黄，电表还显示着读数。

多年前，老屋刚建成的时候，门前一定围聚着很多乡亲。崭新的木门上张贴着手写的红对联，窗户洞也蒙上了红色的窗户纸，主人在屋里面摆放着财神爷牌位，恭恭敬敬地摆上一个香炉、两盘水果。老屋的主人喜笑颜开地给乡亲们发着烟、水果糖、瓜子、花生……

老屋通上电的那天，主人带着些许不舍将煤油灯擦洗干净，用一块干净的布料包裹起来，小心翼翼地放进木箱，像是告别一位陪伴已久的故友。再后来，一台十四英寸的熊猫牌黑白电视机住进了老屋，从此老屋的夜晚不再只有纺织娘的鸣唱，家事国事天下事、广告电影电视剧，都从这台神奇的电视机中播放出来。

站在老屋的门口，我臆想着关于老屋的回忆。那些浮现在眼前的面孔像屋顶上落灰的瓦片，层层叠叠铺放着，试图掩盖岁月的痕迹，却也藏不住光阴的故事。

这座老屋，遗世独立在万物复苏的春天里。也许有一天，它会不堪岁月的重负，再也承受不起风雨的侵袭，终将倾覆成一堆黄土。

恍惚间，我闻到了一阵清香。在老屋的右侧，长着一棵甚知春意的梨树，雪白的梨花恣意盎然地绽放着，绿芽从枝头上冒了出来，花叶相衬，白绿相映。在梨树的旁边，还有一棵尚未壮实的银杏树，慢慢撑开了它绿色的小扇子。

老去的村庄

"嘭!"

一声巨响,六爹家门前的大杨树又倒下一棵,大杨树根部的横截面露出一圈圈从未见过天日的年轮。

为了不让大杨树倒下时砸到周围的菜地和路边的电线,买树的人事先在一棵临近的树木上绑上滑轮,再将绳索的另一头系在待锯的大杨树主干上。买树的人启动油锯发出震耳的轰鸣声,锋利的锯齿肆意地切割着大杨树的枝干,雪白的木屑四散飞去,落在周围的草叶间。几个买树的人拽着绳索,默契配合用着力,很快就将大树稳稳地拉倒在预定的位置。树倒后,买树的人快速地将主干上的枝丫锯掉,主干锯成长短大致相同的木段。买树的人大多身材精瘦,歇息时嘴里都叼着烟。

一个下午的时间,六棵大杨树相继倒下,六爹家门口空出了很大一块天地。买树的人手脚麻利地将锯好的细树段装上拖拉机,剩下的主干横陈在地上，留着明天再来运走。

买树的人刚走不久，六爹骑着电动车过来了。

一棵一千，六棵六千……六爹话说一半，长长地叹了口气，沧桑的脸上浮现一丝无奈的表情。六爹说这六棵树放在以前价格好的时候能卖到一万。

我问他怎么不等等，留着价格好的时候再卖。六爹说价格也上不去了，留好久了。一时间，我不知道该怎么接上他的话，于是我又问他这树多少年了。

一九七二年种下的。说这句话时，六爹混浊的眼睛里泛起一丝不易察觉的难过。他站在路边，双手扶着电动车的把手，凝视着倒在地上的树干，似乎有些难过。六爹说偶尔还能见到我回来，很多出去的年轻人好些年都没见到过了。

翌日一大早，买树的人又开着拖拉机来了，他们将昨天遗留的主干装上车后，歇息抽了会儿烟便走了。地上除了已经蔫了的树叶，还有六个雪白平整的树根，那一圈又一圈的年轮在树根上印出了同心圆。

六爹老两口儿都快八十岁了，他们这辈子生养了三个儿子。大儿子是个邮递员，每天穿着深绿色的工作服，骑着墨绿色的电动自行车上下班。二儿子很少回家，先前娶了同村的一个姑娘，生了一个白净可人的儿子。后来离了婚，他又娶了一个女人。三儿子成家后，女人给他生了一个女儿，后来他出去了就再也没回来过，女人只好带着女儿改嫁了。

六爹卖的树，就是二儿子家门口的树，这些树离我家很近。夏日夜幕降临后，总能看到一轮或圆或缺的月亮，远远地躲在大杨树的身后。

隔天，邻居大爷七十岁生日，在乡下的老宅请来厨子帮办酒席。乡下的酒席虽没有城里的上档次，完整度却很高，菜品数量和分量都很充足。闲来无事喜欢转悠的人，可以从院子里搭建的临时厨房逛到屋子里摆好碗筷的酒桌。火势很旺的炉子前站着脸大脖子粗的厨子，他脖子上搭着一条干毛巾，满头大汗地炒着菜，旁边还有两三个小工忙着端菜洗盘。烧菜的厨子和小工配合默契，小工人手不够时，主家的妇女们也会帮忙打打下手。

现如今，除了过年时村里的人数成倍增加，一年中大部分时间村里很难看到人群聚集。因此，每逢村里哪家遇上红白喜事在家办酒席，往日沉寂的村庄就会复现少有的生机。

邻居大爷满面红光地散着烟给前来吃席的人，看到活蹦乱跳的孩子就忍不住在他们脸蛋上捏一把。五月的阳光有些刺眼，我坐在门前的阴凉里，看着水泥地上的孩子们撒泼打滚追逐打闹哭哭笑笑，这一似曾相识的景象仿佛时光倒回了二十年。他们的童年和我的童年，在同一块土地上似乎没有太多区别。

午后酒席散去，喝酒的人红着脸，满身酒气，踉踉跄跄，大声打着招呼散去，当爷爷奶奶的人到处寻找那些没玩够的孙子孙女。小孩子总是活力无限，他们满头大汗，恋恋不舍地与方才疯耍的伙伴们告别，脸上满是不舍的神情。这些孩子基本上都是村里的留守儿童，父母都在外地打拼，他们跟着爷爷奶奶学习生活。这种搭配是村里最常见的老少组合。

在鳞次栉比的城市里待久了，快节奏的生活已然蚕食鲸吞了让一个人平静下来的机会，复制粘贴似的生存环境几乎很难让人与自然建立连接。每逢周末我都想回到村里，虽说人少了很多，周围的鸟儿却多了，它们成天在村里各个角落觅食，我曾经在初春时节，在田野里看到过一棵尚未长出叶子的树上"长"满了喜鹊。

村里没人住的老房子慢慢坍塌了，像六爹家门口大杨树一般的上了年纪的树也不常见了，村口的坟茔地时不时隆起一座新坟。对于生于斯长于斯的年轻人而言，村庄渐渐也变成一个回不去的地方。

过年真好

这个年又要过去了。

为什么很多人都觉得小时候时间过得慢？

现如今，之所以感到时间过得快，很大一部分原因是我们一直在经历"重复"，这种感觉在工作中尤其明显。

人在重复一些事情的时候，时间就会变得很"快"，因为回想起来都是重复的记忆。小时候由于对世界知之甚少，生活节奏慢，每天还会有一些无厘头的奇思妙想。回想起来时，就会感觉时间过得很慢。

乡下过年的气息比较原始。我抱着儿子领着闺女串门到前排大爷家。大爷抽烟有个习惯：烟点着了之后，一直到熄灭了才离开嘴。也就是说，大爷根本就没有给烟自燃的机会。大爷说只要过了年，村里基本上就是"撂棍砸不到人"。大爷的母亲是全村最年长的人，今年九十七岁，身体还很硬朗，她百岁大寿那天肯定很热闹。

　　跟前排大爷聊到了春晚。我说从前那会儿守着电视看春晚的心情已经慢慢消失了，那会儿最期待的就是本山大叔的压轴出场，那感觉如同拿到压岁钱一般。现在的春晚，味道着实变了。前排大爷打趣说，现在春晚，演个小品还想着教育人。一整年，每天都在被教育，年三十晚上还在被教育，辛辛苦苦一年，难得乐呵一下。我听了他的话，嘿嘿一笑，给他递上一根烟。

　　不仅是春晚，多年前在城里大肆绽放的烟花，如今"过气"降格到乡村大舞台当主角。大年三十的晚上，村里的烟花照亮漆黑的夜空，与并不遥远的城里的万家灯火倒也是相映成趣。因此，每年回村里过年因能感受更多年味也成了一种幸福。

　　村里年味重，村里气温低，这两者之间似乎有那么些许关联，将带着硫黄味道的清凉的空气吸进鼻腔，这味道准是错不了，就是过年的味道。清晨的天空写意地蒙着淡云。我最中意做的事情便是窝在厨房的灶台后面烧火，白色的水汽呼呼地从锅盖和锅沿的漏缝中喷出，将厨房氤氲成天宫仙境一般。

　　菜园里，河瓢瓢的种子落在覆霜的草叶间，只等一场春雨降落，种子便可一头扎进泥土里生根发芽。小白狗躺在墙角的草垫上睡懒觉，它已生了三窝狗崽儿，每一窝都是五只。门口篮球架上挂着一个轮胎秋千，大人小孩都爱玩。阳光甚好的午后，几个小学生在门口下起了五子棋，邀请我当了一回裁判。屋后光秃秃的树枝有了新芽蠢蠢欲动的迹象，春风的脚步越发临近，一阵风刮来，棋盘便落上一层薄薄的灰尘。

　　在城里待久的闺女，过年期间几乎天天骑着滑板车在村里的水泥路上乱窜，她还喜欢拿着瓶瓶罐罐去菜园里扒土。她胆子小，看我们拿着蚊香点擦炮，羡慕得不得了，给她点她又不敢，诠释了什么叫又菜又爱玩。

我带着一帮小孩子去寻找神秘的种子，其实就是一些植物的种子，有些我也叫不上名字。他们像发现新大陆一样，小心翼翼地收集植物的种子，紧紧地攥在手心里。

一个小朋友说："我要拿回家给妈妈看。"于是，剩下的所有的小朋友都说："我要拿回家给妈妈看。"

我们在村里发现一口废弃的老井，锈迹斑斑的井口，曾经也源源不断地涌出清冽甘甜的井水，冬天洗菜不冻手，夏天可以冰西瓜。他们指着老井问我这是什么，做什么用的。我跟他们说，这个是以前的自来水。

傍晚时分，我们这些大人和孩子分组玩起了捉迷藏。每个人伸出一只脚，围成一个圈，然后由一个人"点名"："叮叮当当，老鼠靠墙。有钱没钱，没钱滚蛋，炸死美国王八蛋。鸡蛋鸭蛋手榴弹，炸死美国王八蛋。"最后一个"蛋"字落到哪只脚，哪只脚的主人就需要闭上眼睛数数直数到三十，再找出躲起来的人。

快乐的童年兴许可以治愈一生，趁着没长大，玩儿吧。毕竟，大人的世界，也不怎么好玩儿。

愉快的时间总是过得很快，短暂的春节假期很快便结束了。见面时从"相互问候哪天回来的"到彼此询问"哪天走"，这一转变只花了几天时间。

闲聊时谈到某某小儿子明年过年应该也会屁颠屁颠地跟着跑了，于是所有人又对过年充满了期待。

童年的发小

周末从市里回乡下老家,五岁的闺女刚下车就吵着要去找发小小贝玩儿。

小贝家和我们家中间隔了四户人家,这四户人家的小孩都是跟我一起长大的,上次见到他们是在小学的校园里,他们现在过年都不回来了。闺女胆子小,一个人不敢去找小贝,非要拉着我,似乎拉着个大人路比较好走一样。

闺女在小贝家玩儿了好一会儿,后来小贝将她送了回来,同时还牵着她自己的弟弟。大手拉着小手,他们三个人一起走了过来。

我从屋里面拿出来三根香蕉,一人一根,然后带他们去田野里寻找"神秘的瓜"和"神秘的羽毛",其实就是那个我一直叫不上名字的小野瓜和河边的芦苇花。

村口的小河沟里涨满了水,牛妈妈带着牛宝宝在水里纳凉。对于人看牛这件事,见过世面的牛妈妈显得习以为常,而好奇心更强的宝宝，则是一副"你瞅啥"的样子。

小贝和闺女手里都拿着吹好的气球，她们在水泥路上跑着，小贝的气球炸了，闺女说回去再给她拿一个。

我给他们每个人都折了一根毛茸茸的像毛毛虫的植物，她俩追着我，要挠我痒痒。小贝的弟弟还小，跑起来踉踉跄跄，像个刚会走路的小狗崽。

我说，你们坐下，我给你们拍照。

于是他们齐刷刷地坐下来，对着镜头笑。

我说，你们仰天大笑。说的时候，我给他们做了个示范。

于是他们都仰天大笑起来。

拍完"仰天大笑"，我给他们介绍了一种植物：苍耳。顺手摘下来一个，扔向小贝，粘到她的衣服上。于是他们发现了这个"神秘的现象"，摘下来扔向我。

初秋的风裹着稻穗的香味温和地吹在脸上。天很高，孩子们很活泼，很天真。我们现在奔跑追逐的这条路，也曾是我和小伙伴们奔跑追逐的那条路。

城市生活对于孩子而言，少了一些与自然的连接。他们听不到早晨窗户外公鸡打鸣、晌午时知了的聒噪、太阳下山后暮归鸟儿的啼叫……亲近原始的自然，是孩子们释放天性的终南捷径。

给他们创造童年回忆的同时，我给自己也创造了一个回归童真的机会。这真是，一举两得。

时光的河，流过岁月的田野；

蹚水的人，抓住倒映的芦苇；

风起浪花时，河水会倒流，秧苗变成种子。

村上春

晴日野穹明，早春清风拂。

周末得闲，回村是最好的消遣方式。成长的地方有着再熟悉不过的一草一木、一砖一瓦，它们都能让人平静。这种逃离城市的平静，是一剂暂时抛却烦恼的良方，可以祛除城市的嘈杂。

村子很小，人也少。多数人家白天紧闭着院墙大门，有的人家门口还会趴着一只其貌不扬的土狗，它慵懒地打着哈欠，耐心地等着晚归的主人。村里鲜有年轻人的身影，大都是一些年迈的老人和白日进城务工的中年人，再者就是一些绕膝玩乐的孩童。村庄早已不再是年轻人的居所，他们早已走出村庄，拥进灯红酒绿的都市。

早春三月，春日将暖意注入孕育生命的泥土中，几乎每家每户的屋前屋后都开满了油菜花，厚绿的叶子上铺陈着一片金黄灿烂的花毯，微风吹过，便让人思绪坠落花海。

村里通了水泥路，经过一座年久的石桥一直延伸直到与村外的马路相连，整个村庄被绿油油的麦田包围。田埂上一簇又一簇枯草朝着同一个方向倒伏，它们的根部已经冒出一株株绿芽儿。光秃的地方冒出成块的薛类，它们有着细软的茸毛。

石桥下的小河儿近干涸，只剩河底的残流。河岸边被冲刷出来的树根暴露在空气中，悬空的距离已经让它们够不着河底的土壤。河底隆起一个个小土包，那是干枯的青苔包裹着被河水冲刷掉棱角的石头。这条小河在等候春雨的润泽，等待上游开闸放水。

走在吹面不寒的春风里，蹲下身子便可邂逅一株不知名的野草，它细长的新叶泛着娇嫩的藕荷色，在灰褐色土壤的映衬下显得娇小又可人。如果再细心一点，便可察觉到一旁气鼓鼓的小圆包。扒开遮盖在上面的草叶，原来是三五成群略带一丝调皮的蘑菇，它们顶开泥土的束缚，奋力地向着阳光生长。蔚蓝的天空里几乎没有云的痕迹，远处的田野中孤独地伫立着一棵杨树，光秃秃的枝丫在低矮的天空下不动声色地摇晃着，在树冠中间还住着喜鹊一家人。

回去的路上遇到一位拉着耕牛的大爷，他黝黑干瘦的脸颊上刻着一道道深邃的皱纹，手背上暴起的青筋像杨树的老根。大爷叼着卷烟哼着小曲，刺鼻的烟味熏得他微眯着双眼，老水牛漫不经心地走着，坚硬的蹄在平坦的水泥路面上没有留下任何痕迹。大爷家的这头牛是村里唯一的耕牛，不过它也不再耕地。

我上前给他递了根烟，与他同路而行聊起了天。大爷有两个儿子，大儿子在镇上买房娶妻生了娃，小儿子还在外地上大学。他说在外闯荡的年轻后生们肯定不会回来了，等他们这辈人埋到土里，村庄也没什么人住了。

我憨笑着，一时间竟词穷语塞。抬头看向不远处，一户人家屋顶上袅袅升起的炊烟，自由地消散在了天空中。

村西北方向那户人家屋后的池塘边上站立着两棵树，一枯一荣。风低吟浅唱而过，长满新叶的柳树将枝丫靠近枯瘦的杨树，它们好像是一对阴阳相隔的恋人，生死相守，不离不弃。

书声琅琅

从老家到村里小学校园的距离，也不过百米有余。

小学校园坐落在村子的西北角。几近正方形的围墙，墙的南面和西面各有一个长方形的鱼塘，其余两面都是阡陌纵横的田野。以前那条上学的路就画在田野里，从村子房屋的边缘处笔直地伸向学校。学校似乎刻意与村子保持着一定的距离。围墙内共有三排教室，每排都有三间。一排是一、二、三年级，一排是四、五年级和教师办公室，一排是幼儿班、小卖部和一间带锅灶的住所。

我穿过绿油油的麦田，一路向北便能走到小学校园的围墙外。印刷在外墙上的几个红色大字"百年大计，教育为本"依旧清晰可见，掐指一算，这都已经过去二十多年了。

校园的大铁门上挂着一把锁，将校园锁进了与世无争。我踩着围墙边的一块树根，毫不费力便翻了进去，翻围墙的动作早已沉淀在肌肉的记忆里。

　　杂草丛生的围墙内，着实有些荒凉。站在一年级教室的门口，我抬头看到教室窗户上方挂着的孔子画像，还有一句"学而不厌，诲人不倦"。七岁那年秋天，我也是像这样站在教室的门口。

　　那时规定入学年龄须满八岁，在开学后，我发现平时一起玩的小伙伴们都不知所终，后来顺着学校的围墙，寻着琅琅的书声找到了教室里的他们。教书的先生看着我眼巴巴站在门口，笑着跟我说，回去让你爸带你过来上学吧。于是我头也不回地往家跑。第二天，我就坐在了一年级的教室里。

　　我的第一节课是语文。由于个子小，先生安排我坐在第二排，旁边是一个叫杨娟的女生。那个教书的先生便是我们的语文老师，他姓唐，长相颇似动画片里的唐老鸭，于是我们都叫他"唐老鸭"。"唐老鸭"住在城里，每天都会骑着二八大杠带着他那爱哭的小女儿唐洁来学校。每次唐洁在教室里哭的时候，"唐老鸭"便拿出来一支铅笔，用小刀在铅笔上刻一个"二"递到唐洁手里，神奇的事情就发生了，唐洁果然就不哭了。

　　学校的操场中间，以前有一根刷着银漆的国旗杆。我当过升旗手，不过最让我兴奋的不是升国旗，而是爬到旗杆顶端。现如今旗杆已经不知所终，操场上也栽满了村里比较罕见的常青树。

　　这个操场，是我们曾经的乐园。校长站在教师办公室门口，伸手拽着学生够不着的麻绳，打着吊在屋檐下的铁铃，铁铃发出让每个学生都兴奋不已的下课铃声，五个年级的学生蜂拥到操场上。女生跳皮筋、踢毽子，男生玩弹珠、拍卡片，还有一种男女生都喜爱的游戏叫"钓屁虫"，我们从校园外的麦田里扯下几片麦叶，撕成细条，插到地面上的小圆孔里，然后趴在地上拍打小圆孔的周围，嘴巴里念念有词："屁虫子，屁虫子，你妈掉进茅厕缸里喽，喊你起来拉喽。"念完"神奇的咒语"后，再像钓鱼一样将麦叶丝拎起来，幸运的话就能钓起一只小"屁虫"。

小学本来是五年制的。在我读完四年级时，学校的五年级被砍了，从四年级升到五年级的学生只能到乡里的小学读书。村子距离乡里的小学大约三四公里，每天上学都得骑自行车。我不会骑自行车，加上本来就提前一年上学，于是便被安排留级了。

我走到四年级的门口，这间教室我待了两个学年。留级的那一年，同学给我编了歌："留级生，留级生，眼泪淌到脚后跟。"

如今想来，不禁莞尔。

风吹着教室后面的竹林发出沙沙声，午后的太阳透过屋顶瓦片的裂缝照射进去。回到操场中间，我突然想到了"平行世界"：二十多年前，也是一个阳光明媚的午后，一年级教室里第二排坐着个挂着鼻涕的小孩，正拿着语文课本在大声地朗读课文。

我爬上围墙翻了出去，映入眼帘的是一大片绿油油的麦田。麦子像许多年前一样，自由地生长着。那些个背着书包奔跑回家看动画片的孩子，也都长大了。

秋收往事

路过那一望无际的稻田，村里最会耕地的大爷叼着烟，双手叉着腰，像个稻草人一样站在田埂上。他一边看着不远处发出轰隆隆声音的收割机卖力地收割，一边扯着嗓子生怕别人听不到他讲话一样喊道："哎，种地赚不到钱啊！"

说完，他便哈哈大笑起来，两排被烟熏得黑黄的牙齿在明净秋阳的照耀下，发出金子般的光芒。黄土地里长出来的岁月顺着笑容的轨迹，在他脸上刻出一道道深浅不一的皱纹，让他的脸沧桑如同黄土地上从未谢幕的老水牛犁过的地一般。

现如今，秋收的确和从前大不相同。少了漫长的忙碌，多了夹杂着油烟味的惬意。庄稼人只需守在自家的稻田旁，等候横冲直撞的收割机非常解压地"剃光"每一块稻田的"头发"。脱好粒的稻粒直接倾倒至一旁等候的拖拉机的背斗中。拖拉机将稻谷运回到大场上堆起来，这道工序结束，一季水稻的收割就算完成了。

小时候的秋收却是另一番滋味。

水稻的收割是个"大农活"，家里家外都忙得不可开交。大人们出门前，习惯将镰刀口在缸沿蹭几下，这样一来镰刀就会锋利许多，割起生硬的水稻梗可以省下不少气力。

从学校放学回来的孩子，倒空书包里的书本，甩着个空布袋子奔向稻田。那时虽没有苏格拉底寻找"最大的麦穗"的人生思考，却深知捡拾稻穗可以置换三五毛钱去购买可口零食的"苦尽甘来"。

秋收的稻田里，夫妻之间也有着明确的分工。女人们弯着腰，动作麻利地割下一堆又一堆的水稻。男人们负责捆扎搬运工作，他们用两束水稻系成稻绳，将一摊摊水稻捆扎成桶状。

男人们将一捆捆水稻垒在独轮木车上，肩上挑着用蛇皮口袋缝制的"车担"，一车接着一车地将稻谷送到自家的打谷场上。

夜幕降临，每家每户门口都临时支起一盏白炽灯，灼目的灯光吸引了很多小飞虫。大人们将脱粒机抬到门前的打谷场上，接上电源，带有钉齿的滚筒高速旋转起来。

脱粒工作需要男人和女人默契配合。女人解开一捆捆水稻，分成一束束递给男人。脱粒机前的男人抓着水稻梗，将稻穗放在脱粒机的滚筒上，饱满的稻粒就这样被滚筒上的钉齿脱了下来，慢慢堆积成一座带着余温的谷堆。

脱下谷粒的稻草跟谷粒一样，都需要等候太阳的曝晒。晒干的稻草堆成草垛，既可以作为柴草引燃灶膛，又可以当作草料喂养耕地的老水牛。

给水稻脱粒的活儿虽没有白日在稻田里收割水稻那么费腰，却带有一定的危险性，村里一些不太走运的人就吃过亏，被脱粒机的滚筒伤了手。给水稻脱粒通常会持续到很晚，孩子们顶不住困意便先行睡去，大人们一般都会脱完白天收割的水稻才安心上床歇息。一天的辛苦劳累，会在男人女人此起彼伏的鼾声中慢慢消散。

秋日夜晚的村庄多了一份宁静。天气凉了，虫鸣声少了，黑灯瞎火的村庄也沉沉睡去。偶尔还能听到村里哪条没吃饱饭的狗哀怨地叫唤几声，此外便只有窗外呼啸而过的北风敲打窗户的声响。

天气对庄稼人是尤为重要的。在晒谷的前一天晚上，庄稼人往往会站在打谷场上"夜观天象"，碰到隔壁的老邻居还会聊上几句。电视普及之后，他们更多的是掐着点收看天气预报。

太阳出来早，雾气却散得慢。等到打谷场上没了露水的痕迹，用塑料布盖着的稻谷才终于能摊开晾晒。中午时分，一颗颗饱满圆润的稻粒互相紧挨着享受着阳光浴，稍带一丝寒意的微风习习而过，吹落了泛黄的树叶，卷起了飘荡的尘埃。

中午烈日高照正是晒稻谷的好时候，隔一段时间拿起木锨翻几遍，可以让稻谷里外晒个透彻。遇上晴好天气，大抵只须晒上三四个时日便可将稻谷装袋，堆放在屋子里，再请人用拖拉机运往粮站，卖了换钱。

水稻刚收割完，过冬的小麦就着急下地了。

说到耕地，村里最会耕地的大爷家的那头老水牛是一把好手。它头上顶着弯刀般的牛角，硕大的灰黑色眼睛倒映着庄稼人黝黑的脸庞，坚硬的牛蹄踩在泥土上，留下深深浅浅的凹坑。它的力气很大，是头耕地的好牛，却也是牛脾气。

耕地的前一天晚上，大爷每每会往牛栏的石槽中多添几把草料。耕地时，大爷嘴里叼着烟，左手牵着绳，右手扶着犁把，牛在前，人在后。耕完地后再给水牛套上耙，将耕过的地再耙上一遍，将大的土块弄碎，这个时候大娘就挎着竹篓跟在大爷后面撒麦种。麦种撒完后，大爷再耙一遍地，把地耙得平整，也让麦种盖在泥土下面。

后来，用柴油的手扶拖拉机成了耕地的主力军，又快又省力，村里的老水牛们也只能望之兴叹。村里人劝大爷把牛卖了，换台拖拉机，大爷不肯，他说舍不得。卖牛的那天，大爷躲了出去，老水牛赖在牛栏里不愿出门。买牛的人无计可施，后来他们把大爷喊回来。大爷站在牛栏外点了根烟，猛吸了一口，呛得他用力咳嗽，他抓了一把草料放进石槽里，又拍了拍牛背。

说来也奇怪，老水牛吃完那把草料，慢腾腾地走出了牛圈，跟着买牛的人走出了村子。那天傍晚的晚霞染红了半边天，晚风轻柔地荡起，村口小河泛起涟漪，倒映在河面上的晚霞像老式梳妆台镜子反面的釉彩。一群孩子跟在买牛的人后面跑啊闹啊，像是在送老水牛出远门。老水牛一步一个脚印走到出村的岔路口，回过头看了一眼村庄。

土地是有感情的，于是它把感情寄托给了庄稼；庄稼也是有感情的，于是它用丰年迎来瑞雪；岁月也是有感情的，斑驳了村子里的一砖一瓦，定格了老一辈庄稼汉的春华秋实。现如今，面朝黄土背朝天的日子一去不复返，机械化种植让人们只在秋收秋种时节才在土地上做短暂停留。

　　过去的日子在云卷云舒中渐渐模糊，老一辈庄稼人布满老茧的手掌心里却始终握着一抔黄土的温情。

暑假的最后一天

1999 年。

这一年的暑假只剩下最后一天。

我和发小小君各自从家里找到一只蛇皮口袋,用剪刀从一边的边缝处剪开后,将它铺在门前大桑树下的泥土地面上,我们在上面躺了下来。

阳光艰难地穿过层层叠叠的桑树枝叶,不均匀地照在我们的脸上,凹凸不平的地面弄得小君有些不舒服。我站起身子,从一旁的草堆里扯了几把稻草铺在她的口袋下面。

你不用铺吗?小君侧过头问我。

我不用,我是男生。我侧过头看着小君,她扎着两条小辫子,每条上面都有一个粉色的蝴蝶结。

明天开学了。小君转过头,眼睛直直地看向天空。

宽大的桑树叶遮天蔽日,有几只蝉就在我们头顶不知疲倦地鸣唱，"知了、知了"地叫个不停。

你猜它们在唱什么歌？小君问我。

我不知道。

我猜可能是《让我们荡起双桨》。小君笑了，露出洁白的牙齿和一对浅浅的酒窝。

我猜也是。我说。

我有一块泡泡糖，一起吃吧。小君从口袋里掏出一块"大大"牌泡泡糖。她小心地剥开糖纸，掰成两半后递了一半给我。

哎呀，我咽下去了。小君突然坐了起来，神色变得慌张起来。

泡泡糖不能咽下去，消化不了会没命的。她的眼泪从眼眶里溢了出来。

那怎么办？我也慌了。

我不应该躺着吃泡泡糖的。小君后悔不已。

不知从哪儿迸发出来的勇气，我狠狠地咀嚼了几下嘴里的泡泡糖，皱着眉头一口吞了下去。

我也咽下去了。我说。

小君的父母在县城忙于生意。小学四年级之前，小君一直都在乡下奶奶家住。小君是我一起上学的同伴，我俩经常穿过一条条窄窄的羊肠小道，再走过一大片油菜花田，最后还要经过一座年久失修的石桥才能到达学校。小君喜欢追着蝴蝶跑，我喜欢叠纸抓蜜蜂。她喜欢把喇叭花插在耳边的头发里，我喜欢把狗尾巴草含在嘴里当作胡子。

那天下午，我和小君两个人横躺在蛇皮袋上，一声不吭地等待着死亡的到来，直到小君的奶奶唤她乳名喊她回去吃晚饭，我俩也没死。

我们应该死不了了吧。小君说。

嗯，明天是开学的日子呢，死了就不能上学了。我说。

可我明天就要去县城里读五年级了。小君说。

我没有说话，只是用力地点了点头。

傍晚时分，头顶上的蝉叫得更欢了。那恼人的蝉鸣声，如果一直有该多好。

晚饭后，小君又过来找我玩儿。明天就要离开村子了，小君的奶奶跟她说玩儿个够再走。我拉着小君去了小河边。

夜晚的风还未刮走白日焰火炙烤大地残留的余温，风吹动着树叶发出沙沙的响声，伴着村头小河河水的浅吟低唱，青草丛中夜不能寐的青蛙引吭高歌，声音压过纺织娘的月半小夜曲。

你明天就要走啦。我说。

是的。小君的语气里充满着期待。

漆黑一片的河面上，突然飞来一只萤火虫，它贴着河面忽明忽暗地飞着。萤火虫腹部的光亮前一秒钟暴露了它的位置，下一秒钟就不知道它飞到哪儿了，再下一秒又暴露了它的位置，然后又不知道飞到哪儿了……

萤火虫真漂亮。小君说。

我俩抓了几只萤火虫，回去放到蚊帐里，夜晚灯灭了之后，萤火虫忽明忽暗，像天空中一闪一闪的星星。

童年的一场戏

"一个孩子真惬意啊，处处歌声多笑语。床头电灯闪闪亮，男女老少坐一起。我们两口打电灯，打谷场上去看戏呀……"许多年前，邻村临时搭建的简陋戏台前几乎围簇着全村的男女老少，他们有的站着，有的坐着，还有的一会儿站着一会儿又坐着。站在戏台中央的那个身姿曼妙、歌声清脆的女子就是我的母亲。

母亲排行老八，打小就长得精灵可人，能歌善舞，外婆视为掌上明珠，不舍得让母亲下地干农活。有一年，县里组建计划生育宣传队，嗓音和样貌出众的母亲被选中去唱戏。

小时候我经常跟着母亲去不同的村庄演出，他们戏团里的人，大多是一些没受过专业培训的假把式，演出的节目也大多是根据当时计划生育的一些方针政策改编而来，比如《只生一个好》《发家致富》《四大嫂》，这些都是母亲拿手的曲目。

一声锣响，好戏就开始了。我个子小，在拥挤的人群里奋力地踮起脚，抻着脖子想看到台上的母亲。前面走动的人总是挡住我的视线，因而我每次都是通过母亲的嗓音来辨别她是否在台上。

我已经记不清母亲那天在台上唱的是哪出戏，只记得那天人很多。台下的观众十分热情，每逢唱到精彩之处，他们都会大声地吆喝，用力地鼓掌，好一番热闹的景象。在那个娱乐资源并不富足的年代，一场戏成了大家伙儿精神上的饕餮大餐，让人回味无穷。唱到傍晚时分，夕阳像碎金一样铺在戏台上，镀在房屋的瓦片上，印在农民伯伯和婶婶们黝黑的脸颊上。

每当戏散场的时候，我就会奔向后台去找母亲，母亲化了浓妆，穿了戏服，有时候我都认不出她。她却每次都能一眼看出人群中矮小的我。

岁月如歌，款款地吟唱进人的内心深处；余音绕梁，悠悠地回荡在记忆的小村旁。母亲说她以前参加过县里组织的大型计划生育宣传会演，她回忆说当时还和县长合了影。

马提亚尔说过："回忆过去的生活，无异于再活一次。"在童年时光的碎影中，戏台上的母亲身姿曼妙，一颦一笑，都定格在那个夕阳如金的傍晚。

外婆的银手镯

在我童年的记忆里，外婆是个有着一双小脚的地道农村妇人。

我一度觉得外婆的小脚像她织布时候用的纺锤，小时候，每次问及外婆的小脚，外婆都会笑容慈祥地抚摸着我的头，感慨地说上一句：你们小孩子，个个都赶上了好时代呢。

每年响起的防空警报声，总是久久地回荡在岁月静好的城市里。我时常想起那位小脚的外婆，想起母亲跟我讲述的关于这位小脚外婆的一个真实的故事。

那依稀是在1941年秋天，一个傍晚，夕阳用血一样的颜色涂抹了西边的苍穹，肃杀的空气在太阳坠入西山前还残留着白日的余温。年轻的外婆在村外的玉米地里拔着玉米秆儿，忽然听到远处传来一声枪响，过了不久，她便看到一个人影跑了过来。

外婆看到的这个人是一名负伤的八路军同志，后面有两个鬼子在追他。这名八路军同志看到外婆后，上气不接下气地告诉她，他和另外一名八路军同志在邻村执行任务时被鬼子发现了，那位八路军同志为了掩护他牺牲了。

没等八路军同志说完，外婆已能远远听到鬼子的喊叫声。几乎没有时间思考，外婆拉着八路军同志跳进玉米地旁边一条已经干涸的小河沟里，他俩顺着河道低着头弯着腰往村里跑去。后来鬼子也跳进小河沟，追在后面放了一枪，子弹从外婆的耳边呼啸飞过，外婆头也不回地拉着八路军同志往村里跑去。

回到村里，外婆把八路军同志藏在自家存放山芋的地窖里，上面还盖上了已经从地里收回来的玉米秆儿。回屋之后，外婆拿起剪刀把自己一头乌黑的长头发剪了，换了另外一身衣服，不慌不忙地走到灶上忙活起来。

鬼子进村后并不熟悉村里的地形，也没搜到外婆家。眼看天色也不早了，悻悻地撤离了村子。等天完全黑了下来，外婆把八路军同志从地窖里叫了出来，给他换上了一身干净的衣裳。

第二天，不肯善罢甘休的鬼子带着一队人马来村里扫荡，还好外婆一大清早就把八路军同志藏在地窖里。全村人都惶恐地等待鬼子挨家挨户的搜查，外婆在自家门口看到鬼子搜查到邻居家时，突然想起八路军同志昨晚换下来的衣服还在屋里。

母亲讲到这里的时候，她的神情变得紧张起来，仿佛亲身经历过一般。母亲说倘若鬼子看到八路军同志的衣服，后果肯定是极其严重的。好在外婆不慌不忙，她走回屋里，麻利地将八路军同志的衣服塞进了农村妇人冬天夜用的木质马桶里，又在衣服上面盖了一些草纸。

鬼子没有搜到任何东西，又悻悻地撤离了村子。

后来，八路军同志在外婆家养了几天的伤，被部队派来的人找到并接了回去。临走的时候，八路军同志拿出一对银手镯交到外婆手里，说等抗战胜利了，他会再回来登门感谢，到时再取回这对手镯。

外婆一直把这对银手镯戴在手腕上，从八路军同志被接走的那天就等着八路军同志安然无恙地回来取走手镯，一直等到外婆拉着我母亲的手合上了眼，那位八路军同志也没有回来。

忆往昔峥嵘岁月稠。老一辈革命家们用自己鲜红的热血浇筑了坚不可摧的万里长城，抵御外寇无耻的侵略，这座长城的每一块方砖都有说不完的故事。

外婆不识字，做不了革命家，她只是一个地道的农村小脚妇人。我却时常想起那个残阳如血的傍晚，外婆那双坚实有力的小脚在干涸的小河沟里健步如飞，也带着一丝遗憾想起那对一直没被取走的银手镯。

培叔培叔

培叔去世的那天，是个雨天。

夹杂雨点的秋风呼啸着撕扯青黄相衬的秋叶，全然不顾枝丫挽留树叶的意愿。大团乌云层积在阴沉的天空里，像极了霉变的棉花团簇在一起，又好似父亲紧锁的眉头。

村子东南方向传来丧葬乐队苦楚的哀乐声，唢呐的声音穿透了秋雨洗涤的空气，异常的冰冷和刺耳，像是在宣告生命烛火的熄灭，飘摇在洪荒中的生命宛若稀薄的空气，抓不着握不住，生命逝去的时候是那么深沉且发人深省。

离别是最刻骨铭心的生活赐予。

培叔是个身材高大且笑容可掬的庄稼汉，他说话声音很大，笑声也很大，从远远的人群里最容易发现的人就是培叔。他爱酒嗜烟，还喜欢打麻将。每次抽烟被烟呛到的时候，都脸色憋红地开始一连串咳嗽，直到吐出一口老痰才继续吸下一口烟，吞云吐雾中，培叔倒也是非常淋漓尽致地诠释出庄稼人怡然自得的生活乐趣。培叔好打麻将却不在乎输赢，往往他输钱时还会更高兴，尽管每次从麻将桌上回到家必然会遭到老婆一顿臭骂，培叔的应对之策便是保持置身事外的心态，点上香烟，着手忙活家务。

培叔一辈子膝下无儿，不过他倒是有六个女儿。在我印象中，培叔好像曾为此事扼腕叹息过，终究是天不遂人愿，培叔心里到底怎么个感情纠葛我们也不得而知。提及儿女，不得不说培叔离开得真不是时候，培叔作为家里的顶梁柱，拉扯大六个女儿实属不易，眼下女儿们或为人母或新嫁他人或即将走上工作岗位，正是享女儿福的时候，培叔却在众人的悲叹和亲人们的哀伤中尘归尘土归土……

我对培叔在世时最后的印象定格在冬日午后的光影里。那天培叔溜达到我家门口，看见我的姑姑们围坐在门口闲聊，他便走了过来。奇怪的是那次他拒绝了父亲递过去的香烟。我二姑问他怎么瘦了那么多。他说最近腰疼得厉害，烟抽得越多越是疼得难以忍受，索性就戒烟了。

过了不久，培叔就查出了癌症。培叔住院化疗期间，父亲曾多次前往医院探望，回来后讲述他的身体状况时不禁唉声叹气起来。后来培叔执意要远离冰冷的病房，从医院回到家中。培叔生前乐善好施，慷慨大方，也借给别人不少钱。在他交代后事时家里人提及借钱这事，培叔只是摇摇头说自己也记不得借给谁了，都不要了吧。

站在时间边缘的人总是能够看透生与死的缝隙，解脱生时疾病的折磨，安然步入死后永久的安宁。人也总是难免穿梭在记忆的碎片里，一去不复返的光阴有着五味杂陈的感慨。就像培叔的一生，短暂也粗犷，遗憾又平静。

父亲记得很多关于培叔的故事，他说培叔是个好人。

白金之期犹可期

"今年是他们结婚七十周年。"发小从外地回来,见面时跟我说。

"结婚五十周年是金婚,七十周年?"我欲言又止,脑海里想到了张国立和蒋雯丽主演的一部叫《金婚》的家庭伦理剧。

"七十周年是白金婚啦……我爷爷今年八十七岁,奶奶今年八十八岁。"发小说。

发小的爷爷是我们村里辈分最大的老人,村里人平常见了他都称呼他"大老爹",一来是因为他本来年纪就大,二来是因为他备受村里人的尊重。

八十年前,七岁的爷爷和八岁的奶奶定了娃娃亲,奶奶是城里面的姑娘。当年日本鬼子进了城,她全家都跑到乡下避难,后来经人介绍认识了爷爷。两人刚在一起的时候还都是懵懂的孩子,奶奶那时候嫌弃爷爷不爱干净,爷爷倒是无所谓,也不管他的

"小媳妇"说他什么。

十年后，在爷爷和奶奶十七八岁的时候，他们成了亲。结婚后，爷爷还是个长不大的孩子，成天在外面玩耍，一天到晚不着家。后来，爷爷做了乡里的小干部，对家里的大事小情就更不管了。

奶奶一辈子一共生了五个孩子，夭折了两个，那年头家里穷，条件很艰苦。夭折的两个孩子里有一个是女儿，出生的时候家里面没人。生下来之后爷爷拿了把剪刀把脐带剪了，后来因为感染就没活下来。为了这事，奶奶埋怨了爷爷一辈子，爷爷也愧疚了一辈子。

后来，爷爷不当小干部了，他在村里开起了小卖部，逢节的时候会去城里批发一些日用品和零食之类的商品回来，他的小卖部门前经常围着很多村民，有抽烟闲聊的庄稼汉，有来来往往的路人，还有嬉戏打闹的孩子……

奶奶辛苦支撑着这个家，含辛茹苦把三个孩子拉扯长大，身子骨都累坏了。她老人家七十岁时做了一次胃部的手术，去鬼门关走了一趟。从那以后，爷爷像突然变了一个人似的，奶奶身体稍微有点不舒服，爷爷就守在奶奶身边，他说，守在老婆子身边他心安一点。也就是从那时候开始，他们俩的感情也变得从未有过的好。

奶奶八十四岁的时候，又生了一场大病，在医院待了整整一年的时间。在奶奶住院期间，爷爷一直守在医院，奶奶以为自己快不行了，两人商量着把墓地都一起买了，奶奶身体好一点的时候，两人经常去墓地那儿看看，聊聊……慢慢地，奶奶的身体又恢复过来，出了院。

后来奶奶又因为脑梗住进了医院，再次去鬼门关走了一趟。最后又奇迹般地好了过来，不过这次她的眼睛看不见了。

从医院回来后，奶奶就只能躺在床上，她睡累了就要起身下床走一走。有一次，爷爷扶着奶奶在客厅里走的时候，有人来敲门，爷爷就让奶奶站在那儿不要动，他去开门。结果门刚开，爷爷还没来得及回过身来，奶奶因为眼睛看不见而没有平衡感就摔倒了，后脑敲在了地面上，一下子就晕了过去。爷爷立刻去房间里拿手机打电话，但他的手已经抖得按不下去拨号键，爷爷既无助又自责地骂自己没用……

几经折腾，爷爷受了很多苦，在去年九月中旬，爷爷因为咳嗽咳出了血去医院拍了 CT，结果肺部疑似发现了肿瘤，医生让他住院先把血止住，爷爷没同意，说他不放心奶奶一个人在家。于是，爷爷上午去医院挂水，中午回来吃午饭。

一家人并没有告诉奶奶关于爷爷生病的事情，虽然她的眼睛看不见了，但是她特别敏感，总是询问爷爷到底生了什么病。爷爷每次吃完午饭就坐在奶奶的床边，奶奶摸到爷爷的手之后，紧紧地握在自己的手里，一直哭。爷爷安慰奶奶说，我没事，有病去医院看就好了啊，不用害怕，不用害怕……

再后来，爷爷的肿瘤确诊了，医生建议他住院做一个月的放疗。他一听说要住一个月，二话没说转身就要回家，家里人都知道，他放心不下奶奶一个人在家。后来经过家人和医生苦口婆心的劝说，他才同意住下来，但是每天早上一通电话，晚上一通电话，奶奶一接不到爷爷的电话就哭，担心爷爷怎么了，所以每天准时跟奶奶打电话是爷爷最重要的生活安排。

奶奶常说，这辈子跟爷爷经历过革命年代，也走过年景艰难的苦日子，虽然年轻时候爷爷总是不着家，她也受了很多苦，但是这辈子最不后悔的事情就是跟了爷爷……

发小说，她爷爷这辈子做事很正直，也得罪了不少人，他担任过村里党小组组长，在村里人入党的事情上，只要不符合要求，他坚决不同意人家入党。

发小跟我说，能不能通过她的口述整理出来一篇文章，给她留个念想。于是，就有了这篇文章。

满城桂花馥溢远

金秋九月，天高云淡，一株桂花香十里，满城桂花馥溢远。秋雨洗微尘，朝阳暖人意。莫言秋来晚，一叶而知秋。

几场不温不火的秋雨过后，早晚的空气里沁着一丝丝醒肤去乏的凉意，站在十字路口面容黝黑的辅警们手里拿着指挥旗，恪尽职守地维持着上班高峰期的交通秩序。呆呆的秋阳均匀地洒在每个上班族的脸上、衣服上，丝毫不会去偏爱任何一个幸运儿。正如桂花一样，悠长的幽香渗透在空气中，只要置身户外或者打开窗，殷勤的秋风就会将免费的桂花香包邮送达。

第一次闻到桂花香还是刚上初中那会儿，开学后走在去学校的路上总是能闻到一股馥郁的甜香味，然而环顾四周并未发现有迎秋盛开的花朵。闻香寻其踪，终于在墙角发现了那株一人多高的桂花树，那郁郁葱葱的枝叶包裹着米粒大小的桂花，金黄色的细小花瓣簇簇相连，好似一把把碎金嵌在绿叶间。

桂花树太小，花香飘不进书声琅琅的教室里，但却让我在语文老师妙语连珠的授课中走了神，分了心。老师似乎也发现了有位学生在开小差，她故意将声调提高了几度。

初中毕业十多年后，在春节期间约了一个老同学一起去探望昔日的那位语文老师。那天她戴着一顶好看的毛线帽，模样和当初几乎没什么太大的变化，唯一变化的就是春夏的轮回在她的眼角增添了几道深浅不一的皱纹。她感慨道："老师老了哦，你们都已经长大了。"一时语塞，无从应答之际，在她帽子的下沿，我看到了她有些斑白的双鬓。

初二的时候，为了提高班里每个学生的作文写作能力，她要求我们每周都要写两篇以上的日记，每周她都会让语文课代表把班里每个同学的日记本收上去给她批阅，每一次她都逐字逐句地批阅每页纸上书写的内容。那时候，我们的日记本不是记录少男少女顽皮的趣事或者懵懂的心事，就是敷衍一些无厘头或者应付性的段落文字。

在拿回来的日记本里，每一个错别字她都用红笔改正，每句写得"还不错的话"她都用红笔画上波浪线，另外加上一个潇洒利落的"g"（老师说"g"是"good"的意思），每一篇立意不错的日记她都用红笔写上一段鼓励的话语。

我中意的事情就是跟她在日记本里"争执"，我们以"你来我往"的方式在日记本上写下自己的观点，进行思想上的碰撞，这个过程往往持续数周之久。

十年树木，百年树人。人们常说，兴趣是最好的老师。其实每一位用心育人的老师，都是最长情的兴趣。时光是一位造诣很深的艺术家，不经意间蹉跎了树木的年轮，沧桑了人们的容颜，但也沉淀了我们之间弥足珍贵的师生情。后来想想，老师当年带了两个班的语文，每周精心批阅一百多个学生的日记，工作量真不小，她一定是花费了很多业余的时间。

在我结婚的时候，老师应邀而至，我站在台上看着她安静地坐在台下，恍惚间感觉时光好像倒流回初二的课堂上——

在那个窗明几净的教室里，我们安静地等待上课铃声的响起，老师穿着一件新的白色衬衫走到讲台上，笑着问我们："我穿这件衬衫好看吗？"那时候我们都端正地坐在讲台下，异口同声地回答道："好看！"

毕业后，每次回老家路过母校，总会习惯性地瞅一眼那个曾经长有一株芳香馥郁的桂花树的墙角，也会想起那位笑容可掬、像桂花香一样润泽心田的老师，想起她时不禁莞尔。

老师姓左，于吾如炬。

忘年交

与陈老师的相识，可以说是一段非常奇妙的人生经历。

2015年春节前几天，我趁着寒假休息的时间，搭伙姐夫的弟弟在盱眙县东方市场的闹市街头摆起了地摊，卖起了春联。

2月11日下午，有一位老人驻足我们摊位前，口中念念有词。我上前搭讪，没承想与他竟然相谈甚欢。聊天中得知老人是一名对诗词、对联颇有造诣的作家。恰巧闲暇时我也喜欢写上一些诗词。于是我便掏出手机，请他看看手机里面存留的诗稿。老人也来了兴趣，还从诗词格律的角度对我进行指导。于是，我便称他为陈老师。

临走时，陈老师让我把手机里的诗稿摘抄到纸上，翌日他来取，说是要帮我修改发表到《诗刊》。然而天公不作美，第二天阴雨连绵，我们并未出摊，等到第三天放晴了，陈老师又来到我们摊位前，还告诉我昨日他来寻我未果。想到陈老师在阴雨天气不顾路上人车杂乱、路面湿滑，信守承诺去寻我，我从心底感到不安。

陈老师是一名离休的老党员干部，我们认识的那年他已经八十八岁高龄。虽已是耄耋之年，却十分热爱生活，长期钻研诗联、书法，等等。陈老师精神矍铄，眼神很好，就是耳朵不太好使。待春联全部销售完毕，在离开盱眙之前，我上门拜访了陈老师，我们一老一少，言诗成趣，倒是一见如故。

在接下来的一年里，陈老师曾多次前往我姐夫供职的医院询问我的近况，我便写了一封信寄给了他，信里面说年后一定找时间登门拜访。

年后的一个周末，我拎了一些水果来到陈老师家里。陈老师戴着一顶旧旧的前进帽，黑白相间的胡楂稀稀落落地长在嘴巴周围。陈老师说他最近有点感冒，精神不怎么好。

坐下来之后，陈老师给我倒了半杯茶。记得第一次来拜访，他提过自己以前写的一句诗："作诗千笔改，饮酒半杯停。"陈老师笑道，茶倒半杯，酒要倒满。

先前得知陈老师每天都会读报纸、看书，年复一年，从未间断，用他老人家自己的话说就是，一天不读报纸不看书，精神食粮没有了，心里面空落落的，总感觉缺点什么。

闲聊间，我问陈老师如何看待当下国家和社会的发展。不承想我的话音未落，陈老师便说："好啊！好！我们国家很有希望，我对我们国家有信心。"随后对国家这些年的变化他侃侃而谈，从治军讲到治党，从"三农"讲到反腐斗争。真不愧是一名立场坚定的老党员，陈老师不仅有着相当高的政治理论水平，而且他的话里传递着厚重的责任感。

在聊天中我还得知，陈老师最近配置了一台台式电脑，他说自己想学习使用电脑，电脑太神奇了，查资料比字典好用多了。我不禁感慨陈老师"活到老，学到老"的精神品质。

最后我们又聊到了年前卖对联相识的经历，陈老师笑言，年前他又去了那个闹市街头寻我们，结果没找到，他以为我们今年还会去卖春联。

听完他的话，我心里面像打翻了五味瓶，各种滋味涌上心头。我想起姐夫经常跟我说，陈老师每次去他所在的医院拿药，都会托付他帮忙转交给我那些已见刊的诗词，顺便问问我近来的情况，还有就是有空时去看看他。

临走前，陈老师交代了一些工作上要勤奋努力的话语，同时还不忘让我以后继续把写好的诗词摘抄到纸上拿给他，他再帮我修改发表。

我的陈老师，就是这么一位老人，风趣优雅，热爱生活，让我敬重，让我爱戴，愿岁月不老，时光能慢下脚步。陈老师整整大我六十岁，然而我俩却因爱好相投而跨越了年龄的鸿沟。陈老师的儿媳妇说："我看你俩还真成了一对忘年交呢！"

是的，相逢不易，缘由心生。

老朋友　新朋友

工作缘故，我在雨山茶场认识了一位朋友。

茶场坐落在江苏省淮安市盱眙县黄花塘镇的雨山村里。2020年5月，我在茶园里认识了一个有趣的老太太，她背着一个采茶篓，手里拎着一个小竹筐，弯着腰在一簇茶树前采茶。

我走上前去问她，阿姨好，哪个是大雨山？

她抬起头，露出一排洁白整齐的牙齿，指向北边那座矮山说，后面那个就是。我知道大雨山的南麓长眠着"大雨山的脊梁"——史有治，那个1960年响应号召来支援苏北建设的下乡知青，那个1992年鞠躬尽瘁在岗位上的"苏北焦裕禄"。

我问她多大岁数。她又露出一排洁白整齐的牙齿说，七十八喽。我笑道，阿姨你的牙齿真好，不是假牙吧。她嘿嘿地笑了起来，告诉我这都是真的牙。

阿姨，您年轻时候肯定很漂亮。我说道。

嘿嘿，你这小伙子……

我跟她说了一些我和盱眙的关系，比如我姐家在盱眙，他们在哪儿上班，我一年来盱眙多少趟之类。她对我似乎也没什么心理防备，于是我们俩在阳光写意的茶园里，继续有一搭没一搭地拉呱儿起来。

她叫司业梅，有五个孩子，都在外地工作、成家。老伴七年前走了，脑梗。她每个月通过自己采茶可以赚一千多块钱，有时候也能赚两千多。她说茶场效益好起来之后，村里人的生活比以前好了不少，虽然年轻人都出去打工了，但是村里的茶农日子过得越来越好了。

她说，自己岁数大了，手脚不活络，采着玩儿，现在不想打麻将了，也没事做。城里住不惯，孩子也接她去城里待过一段时间，在城里不敢出门，记不住路。孩子不让她采茶，让她休息。

说这些话的时候，她一直露出一排洁白整齐的牙齿。脸上的笑容领着深深浅浅的皱纹，在茶树中间一行行走道中舒展开去，充满绿意。

我说，阿姨，你的牙齿真是好看，给您拍个照吧，回头洗出来寄给您。看得出来她有些不好意思，不过还是点了点头。我又说，回头您的孩子看到照片，就知道您采茶了。她笑着说，事后就不算事啦。

拍完照，我跟她要了电话号码。她问我姓啥，我说姓罗。她说，我给她打电话时说自己叫小罗，她就能晓得我是谁了。

后来，我把洗出来的照片寄了过去，还给她打了个电话，我们都挺开心。

　　时间一晃到了 2022 年 4 月。

　　时隔两年，茶场又有了些许变化。一些新上的设施还沾着游客未扰的浮尘。去的这天下午，风很厚，也很重，像极了茶场已逾甲子的历史。

　　处理完工作上的事情，临行前，我情绪稍显激动地拨通了她的号码。也不知道她还记不记得我。

　　"喂？"

　　我尽可能提高自己的音调，跟岁数大的老人说话，声音高几度是最起码的尊重。

　　"你是哪个啊？"

　　"小罗啊，洗照片送您的小罗啊。"

　　就这样，我们对上了"暗号"。

　　她依旧在采茶，在我们上次遇见的那个地方。

　　远远地我看到了她。她抬起头，招呼着，生怕低矮的茶树挡住她佝偻瘦小的身体。我也像个孩子一样，张开双臂在头顶用力地挥舞着，生怕她看不清我。

　　我拿出手机，翻相册翻到 2020 年 5 月 15 日的照片，滑过一张张洗过的照片给她看。她说她很喜欢那些照片，孩子们回来之后看到照片也很高兴。我说我拍照技术好，把她拍得好看呢。

　　于是，我们都哈哈大笑起来。

　　她说她岁数大了，记不得我的号码了。我说您把手机给我，我把我的号码存进去。号码存进去之后，我试着拨通，电话里传来手机欠费的语音提示。于是我掏出手机要给她充话费，她连忙拉着我说不用，她自己去交。我说我都把我的手机号码存进去了，您没话费都打不了我的电话。

拗不过我，她不知所措地站在一旁。

话费到账了，我教她找通讯录里我的名字，然后拨我的电话。她很认真地学着。

时间临近中午，她说要带我去村里的饭店吃午饭。我婉拒了，还跟她约定下次我再来要去她家，一起下面条吃。

说到下次再来，她突然有点伤感了。说如果我下次找不到她，可以找她弟弟。她知道我也认识她的弟弟。

我说我怎么会找不到您呢，我打您电话，或者直接去您家找您啊。

她说她说不准哪天就走了，走了就找不到她。

一定是茶园里起了风，带着灰尘眯了我的眼睛。

细想一下，从上次见面到现在，已经过去快两年的时间，她今年已经八十岁了。

我拿出手机跟她说，我再给您拍个照吧，这次多拍一张我们的合照。对着镜头，她神情不自然起来。为了拍到她开口笑的样子我千方百计地逗她，我说，您看我像不像您孙子。她说我是她的儿子。临走的时候，我对她说，下次来一定要下面条给我吃啊。

其实我一直把她的名字弄错了，我一直以为她叫司业梅，其实她叫司业英。

那天晚上九点二十四分，她打了一个电话给我。我没接到。

于是之后我给她回电，接通后，她说我走了以后，她站在路口望啊望啊……

　　兴许这就是缘分吧，她给我的感觉像奶奶。我特别羡慕一个朋友，她年纪跟我差不多大，回老家还能见到自己的奶奶。

　　珍惜生活的赐予。

小　白

　　我决定给小白写点东西，纪念它的不辞而别。

　　小白是条串了种的中华田园犬，它全身长满白色的毛发。疫情前，刚满月的小白来到我们家。与以往不同的是，小白来的第一天晚上，没有发出不适应新环境的叫声。

　　油菜花开的季节，麦子也长得很好。走近油菜花田，蜜蜂的嗡嗡声伴随着油菜花香扑面而来。田野里成片的麦田，整齐地排列着，不时有一对喜鹊从上空飞过。

　　清闲的周末，我带着孩子回到乡下老家。车还未停稳，小白便冲了上来，绕着我们欢腾起来，用各种各样的肢体语言表达着自己的兴奋。七岁的闺女很喜欢小白，她拿着食物教小白蹲下、站起，有模有样。

　　在小白被毒死的前一天，我带着闺女去田野里踏青，小白一会儿跟在我们的后面，一会儿跑到我们的前面，一会儿钻进油菜花地里消失不见，一会儿躺在麦田里打滚。我们走在田间小路上，那条小路是通往村里小学的路，闺女和小白一前一后，他们争着走在对方的前面。午后的阳光有些刺眼，恍惚间，我仿佛看到了孩提时的自己。

翌日清晨，春日的阳光纯净灿烂。我睡眼惺忪地伸着懒腰，打着哈欠走到院子里。母亲迎面走来告诉我，小白死了。

可能是阳光过于刺眼了，我竟然没有反应过来。

小白被人毒死了，大黄也不见了。母亲接着说。大黄是小白生的，从血缘关系来说，它们俩是母女关系。

小白，在哪儿呢？我问。

早上起来，小白睡在隔壁邻居家的晒场上，一动不动，我们以为它睡着了，走近一看，身体都硬了。母亲叹了口气接着说，小白吃了有毒的食物，强忍着毒性发作的痛苦跑到家门口，家门口有摄像头，下毒的人不敢走过来。大黄就没那么幸运了，被人弄走了。母亲还说，昨天夜里她听到院墙的大铁门被什么东西猛地撞了一下，可能就是小白。

我没有接上母亲的话，我不知道该说些什么。我想着，趁着闺女还没起床，找个地方把小白埋了。母亲看出我的心思，于是便说，南边池塘旁有两棵树，埋那里吧。

我拿着铁锹，走向小白。它确实已经死了，舌头露在外面，已然不是以往的粉色，呈现出冰冷的紫色。我找来一个口袋，将它放在上面，拎着它走向南边的池塘。

小白着实不应该在这个季节离开。油菜花奋力地开着，蜜蜂辛勤地忙碌着，万物复苏后的村庄满是生机。池塘旁有一块麦地，小白生前最喜欢在这块麦地里奔跑。闺女喜欢追着小白跑，小白很聪明，它看到闺女追不上自己，就坐下来等，等到闺女靠近了，再继续跑……

往事历历在目，挥之不去。

我用铁锨挖着坑。树根缠绕在土壤里，让挖坑变得艰难。小白像睡着了一样，安静地躺在一旁，一声不吭。很快，我的手臂便传来一阵酸痛。我坐在池塘边休息，大口喘着粗气，汗水顺着脸颊滴落到土里。金灿灿的油菜花在阳光下招摇，温情地看向绿油油的麦田。

坑还是挖好了。我拔来一些杂草，铺在坑的底部，又将小白放了进去。我知道小白喜欢花花草草，它生前经常对着路边野花嗅个没完没了。我想着小白的葬礼不能没有花，于是又随手摘了一些油菜花，均匀地撒在它的身上……做完这一切，我将一旁新鲜的泥土盖在它的身上。

闺女起来了，问我小白去哪儿了。我跟她坦白说小白死了。她又问我小白怎么死的，我说被人毒死的。闺女更加不解地问我，他们为什么要毒死小白，小白又没做错什么。我接不上闺女的话，只能让她去刷牙，然后吃早饭。闺女依旧不依不饶，她问我大黄去哪儿了。我说大黄不见了。她问我大黄去哪儿了。我说它可能去了很远的地方。

简短的对话，让这个阳光明媚的早晨变得凝重，闺女的问题，让我难以回答。小白安然地度过了三年疫情，在疫情结束后的第一个春天离开了我们。我想那些下毒的人，才是应该回答那些问题的人。

第二章

适时长大

在成长的河流里，每一次落脚都是蜕变的开始。时间总是催促着孩子们长大，生活却试图告诉他们，长大也只是一瞬间的事情。

写给二十年后的你们

亲爱的女儿：

记得你刚出生的那"两天"，没错，爸爸说的是"两天"，2016 年 10 月 27 日深夜两点十五分至 10 月 28 日下午五点整。

那天晚上爸爸鬼使神差地从市里回了村里。工作原因爸爸和妈妈分隔两地，爸爸每周五晚上会从市里回老家，平时都住宿舍。那天是星期四，晚上爸爸却回了老家，现在回想起来，应该是冥冥之中接收到你的召唤。因为家里除了爸爸就只有你的妈妈会开车，而从村里到市里的医院车程要一个多小时。

10 月 27 日深夜两点十五分，你妈妈肚子有点动静了，她有些紧张地说羊水好像破了，睡意蒙眬的爸爸一下子精神了，赶忙把收拾好的东西放车里，一家人连忙赶往医院。路上，爸爸第一次觉得开车是那么的紧张，碰到每一个红绿灯都在心里面读着秒。爸爸考驾照时都没有紧张的感觉，唯独迎接你来到美丽灿烂的人间这次……

　　三点五十七分，安顿好你妈妈之后，爸爸在朋友圈发了一条状态，祈祷你们母子平安，也借此舒缓了一下爸爸初为人父的心情。爸爸清晰地记得那个时候在医院的走廊里，好像处在梦境之中，梦醒来的时候你就"破壳"了。

　　医生说你头位稍微有点不正，不过还是建议顺产。你妈妈也一直希望能够顺产，我们都坚信，你会选择一个合适的时间与我们打破两个世界的隔阂。

　　10月28日早晨的太阳是那么的明净，入秋的朝阳纯净得像你现在的眼眸，自由和写意。那会儿爸爸坐在床边陪着你妈妈，头脑里浮现出爸爸和妈妈从相识婚礼现场"带"着你在亲友们面前约定一辈子的画面。

　　宝贝，你知道吗？你是"混血儿"，从江苏到吉林，从淮安这个小城市到四平那个小城市，跨越了一千六百多公里。缘分是非常奇妙的，比如你的爷爷和奶奶那传奇般打破世俗常理的相遇，比如六年前爸爸一路向北去求学认识了你的妈妈。

　　一不小心扯远了，哈哈。还是说回你出生的那天，爸爸一直很担心羊水破了这么久你还没出生的事情，三番五次跑去找医生"聊天"，那个笑容可掬的医生笑着对爸爸说："一看你就是第一次当爸爸，没事的，孩子一切正常。"看着胎心检测器里你的心电图，听着机器里传来扑通扑通的心跳声，爸爸真希望梦早点醒，那样就可以早点见到你了。

　　28日中午，你妈妈的宫口迟迟不开，开宫口的时候你妈妈打了无痛针，但是效果却不怎么好。你妈妈是个坚强的母亲，医生说再怎么疼也不能叫出声，那样对孩子不好。你妈妈肚子阵痛的时候，她紧紧地捏住爸爸的手，平时手无缚鸡之力的她把爸爸的手都捏紫了，后来她没力气了就让爸爸用力捏她的手，借此来转移她肚子痛的注意力。羊水破了三十八个小时后，你妈妈终于被推进了产房，爸爸也跟着第一次进了产房。

你妈妈躺在产房的生产台上，因为忍着疼痛脸颊憋得通红。看着医生和护士准备生产的器具，爸爸好像忽然梦醒了，因为知道你要出生了。你出生的过程还算顺利，虽然你妈妈最后没了力气，医生给加了腹压才把你"挤"出来。

你出生的那瞬间，爸爸没有着急去看你的模样，而是一直守在你妈妈身边。你妈妈整个人好像酥软了一样，脸色也变得苍白，好像一下子被"掏空"了，没错，她说的确感觉身体被"掏空"了，因为你的出生，你妈妈不再大腹便便啦。你出生后的模样超出了爸爸妈妈的"预期"，并不是皱巴巴的小老太太样，不过头部还是因为产道的挤压变得尖尖的，看起来挺逗的。医生扳了扳你的手指、脚趾、耳朵、眼睛、鼻子、嘴巴……跟我们一一确认你是个正常的宝宝，然后用你的小脚丫在单子上"盖"上了一个蓝色的"脚章"。

从你妈妈羊水破了到你出生，历时三十九个小时，这漫长的三十九个小时爸爸仿佛在人生的坐标轴上走了好久好久。你妈妈从产房里出来的时候对爸爸说，希望我们的闺女以后生孩子不要这么痛苦。爸爸笑了笑，在心里对自己说："爸爸会努力工作，为你和妈妈，做一棵大树。"

在我们一家人高兴的时候，你妈妈的 O 型血和爸爸的 B 型血在你体内发生了小"矛盾"，黄疸很快便出来了，你出现了溶血的情况，看着医生给你测出的278.2的黄疸值，加上你妈妈羊水破了很长时间可能造成感染对你以后的脑部发育产生影响，爸爸不得不狠心将你送到了高危儿病房。

你妈妈三天后出院了，回了老家，爸爸也请了陪产假在家，按照医院的规定，每天上午打电话询问你的情况，按照探望日期去看你。你住了十天的院，那十天异常的难熬，家里人互相鼓励，表现出坚强的样子给彼此看。你住院第九天，爸爸去医院抱着你做脑部核磁共振，那时候秋意很浓了，爸爸清晰地记得从病房护士手里接过你的时候，你酣睡的样子是那么的乖巧温和，额头旁因为挂点滴剃掉了一些头发。在做核磁共振的时候，医生让爸爸进去，说机器声音会比较大，怕你醒，你不安害怕的时候握握你的小手……

接你出院那天，是我和你妈妈生命中很美妙的一天。

时间过得真的很快，转眼之间你都已经九个多月了，想想你的头发都被爸爸剃光过四次了，每次我们给你剃头的时候都会先剃出个"别致"的造型，然后拍照啊，大笑啊，看着你蒙蒙的神情，觉得好可人。爸爸总是跟妈妈说，你脑袋圆得跟圆规画出来的一样。

前几天你发高烧了，去医院检查有点细菌感染，不吃奶也不喝水，喉咙里烧出了疱疹，医生让给你输液，在输液台上你被吓到了，那个扎针的护士手法好像有点不太好，很快就鼓包了，你哭得异常凄惨，你妈妈跟着眼泪直往下掉，每次爸爸带你去打疫苗，你都哭得跟逢场作戏似的，这次的确哭得梨花带雨的。

老实说，爸爸到现在都觉得自己还是个孩子，不过工作任务和家庭责任催着爸爸赶紧长大，爸爸虽然总是自嘲有颗自由不羁的灵魂，但是回归真实的现实，爸爸也是甘之如饴的。

每个人都是要长大的，对吧。只希望你一直平平安安长大。

爸爸再告诉你一个小秘密：在你还在妈妈肚子里的时候，有一段时间爸爸因为工作上的事情很累，整个人状态比较不好，那天晚上爸爸把手放在你妈妈隆起的肚子上，正准备叹口气的时候，你猛地踢了爸爸一脚，那一脚，踢得真好！

其实说了这么多，调皮的你或许会觉得不就生个娃吗，不至于这样矫情感慨，兴许你说得也没错，这并不是多大的事情，可是当一个男孩变成男人，一个女孩变成女人；男人成为丈夫，女人成为妻子；丈夫成了父亲，妻子成了母亲；父亲变成爷爷，母亲变成奶奶……每个阶段的人生都有特定的责任和使命，可能会很顺利，也可能会很艰难，但是一切都会成为珍宝可以在往后的日子里一一细数。

爸爸妈妈永远爱你，像那么多可敬、可爱的父亲和母亲一样。

亲爱的儿子：

十点，你姐终于睡着了，睡姿依旧写意。

本来我是已经睡着了，结果你姐说她脚痒痒，让我给她涂点药。涂了药后，她很快便睡着了。

于是我从床上爬起来。

这两天，每次见到新出生的你，脑袋里面便会重映你姐刚出生时候的场景，相比较而言，你的出生似乎顺利很多。你姐出生那会儿，很多事情都好像没有做好准备，包括爸爸和妈妈。

坐在书房里，看着窗外住宅楼密密麻麻的灯光，想着还是记录点什么给你。一视同仁嘛。爸爸翻看了 2017 年 8 月 3 日写给你姐姐的信，现在回看起来有些感慨，文字本身就是一个很神奇的创造，它可以记录生活、刻录时间，就算岁月匆匆忙忙，记忆慢慢还给时间，文字却可以让记忆和情感变得有据可循。

2021 年 5 月 20 日凌晨三点多，这个时间点跟你姐差不多呢，你妈妈喊我起来，说好像肚子有些反应（见了红），于是我立刻变得精神起来，穿衣服、洗漱，她还洗了个头发（比起生你姐那次，这次爸爸妈妈因为有经验变得不慌不忙，当然主要也是因为医院距离现在的家很近，只有十几分钟的路程）。爸爸妈妈开车去妇幼保健院，急诊的医生查了一通，吸氧、胎心监护……后来医生看动静也不大，说肚子疼得厉害了再来，就让我们回去了。

那会儿我想，你这个小家伙，竟然还"虚晃一枪"，着实有点调皮。

5 月 21 日夜里一点多，你妈妈的肚子开始疼了起来，她没有叫醒我，一直到早上六点多，她说有点忍不住了，于是我们吃饭、收拾东西，然后去医院（你看，依旧不慌不忙呢）。

这次没有"虚晃"，之前听说见红后二十四小时内差不多就能生出来了。医生让做 B 超，办理入院手续。

第二次陪产，相比较第一次而言，轻松了很多很多。你姐姐出生的时候，从羊水破了到出生，历时三十九个小时，从病房到待产室再到产房，每一个过程都很煎熬。在待产室里，因为打无痛针的效果并不好，你妈妈每次宫缩的时候，因为痛得厉害，一直紧紧捏住爸爸的手，后来她没劲了，就让我用力捏她的手。在产房里，你姐姐好像有点不愿意出来，最后你妈妈实在没有力气了，那个跟你妈妈一般年纪的产科医生着急了："你看你把孩子的头挤成什么样子了，用劲啊……"爸爸在妈妈的枕头边，着急、紧张、无助……各种情绪混杂在一起。后来胖胖的助产士帮了一把，压了一下你妈妈的肚子，产科医生也用了剪刀，终于，你姐湿嗒嗒地出生了……

你的出生，顺畅了很多。这可能是你姐给你先探了路。生你这会儿，医院的床位不像生你姐那会儿那么紧张了，所以爸爸妈妈给你选了单间的病房，里面还有一张陪护床呢。那天中午吃过饭，爸爸妈妈平躺在各自的床上，轻松地开起了玩笑。你妈妈的状态也还不错，虽然宫缩的疼痛一阵一阵袭来，爸爸也一直岔开话题让她尽量转移注意力。

后来，你妈妈的肚子痛得厉害起来，连续的痛。医生过来检查了宫口，说开了两厘米，于是我们就一起进了产房。跟上次你姐出生不太一样，你妈妈被推进了一体化产房。麻醉师过来打无痛针，打完无痛针医生过来让她睡会儿午觉。医生的语气像五月的天气，温柔得像天使。这次打无痛针效果很明显，你妈妈夸这个麻醉师说水平真的挺好的，她肚子没那么痛。爸爸拉上了产房的窗帘，平躺在沙发上，跟你妈妈又聊起了天。

我们聊到你姐的教育，说到现在你姐什么培训班都没有去，只是在尽情地度过她的童年时光，这个对你姐而言，我们作为父母会不会有点冒险？但爸爸妈妈还是坚信那句话：有的人用童年治愈一生，有的人用一生治愈童年。所以，你们健康快乐就好。

下午两点多的时候，医生已经多次过来询问你妈妈有没有便意，看你没什么动静，后来又挂了催产素。比起你姐的三十九个小时，你小子肯定是个急性子，十几分钟就出来了。产房里的助产士看到你的"点"，对爸爸妈妈说，是个小子。这次"开盲盒"开出的答案，对整个家庭而言，似乎是个蛮不错的结果。你出生在小满这天，几乎没有任何讨论的必要，你自己给自己取了乳名。

小满，小爱则满。

你姐生下来之后有黄疸和溶血，在医院住了十天才回家。你这小子除了不尿尿，其他一切正常，好吃好睡的。

5月22日上午，你打完预防针后，右腿上出现一连串的红点，医生说没见过这种情况，于是抽了血，顺便测测有没有溶血的情况。下午结果出来了，你是 O 型血，爸爸妈妈都长长地舒了一口气。后来你也尿了，一切基本上恢复正常。你只是个普通的孩子，就这样的普通，就"满"好的了。

你妈妈住院这几天，你姐姐吵着要跟爸爸睡觉。你姐这个小妮子心思很重，却又啥都不说，总是在掩饰自己的情绪。你生下来那天，你妈妈让我把买好的布鲁克积木给你姐拿回去，说是你送给她的礼物。这段时间，爸爸尽量多花点时间陪她，揣摩怎么当好两个孩子的爸爸。

你的名字里面有个"辰"，你姐的名字里面有个"夕"。星"辰"璀璨，"夕"阳甚"好"。夕阳烂漫下的璞玉和黎明破晓时分的星辰，一朝一夕，心手相依。你作为一个男子汉，长大要保护好你姐姐。

　　昨天上午，爸爸特地开车回了老家一趟，将你的胎盘埋在了老家菜园里的银杏树下，这里也埋过你姐的胎盘。如今，这棵树长得很粗壮。

长大的世界

出差前的晚上，没跟母亲提及第二天去往南京的客车发车时间，母亲只知我上午走。

早上起来洗漱完便走向餐桌。母亲在阳台上晾晒着衣服，她看到我后，慌忙走了过来，要死，饭还没弄呢，我以为你不着急走。

说完她便闪进厨房，紧接着传来"嘀嘀嘀嘀"打着燃气的声音，锅里的水已经放好，她麻利地抓起早上包好的饺子放进锅里，盖上了锅盖。

我走到书房里，看一眼昨晚收拾好的行李，清点一下身份证、充电器等什物。其实昨晚睡觉前，我都已经检查过一遍了。我耳朵留意着厨房的声音，听到母亲将煮好的饺子端到餐桌上，我就走了出来。

盘子里盛了十个模样精致的饺子，冒着热气。母亲又拿来一只碗，用筷子搛了两个饺子放在碗里。

这样凉得快些。她说。

不烫，来得及。我说。

要醋吗？说着她就走进了厨房。

不要了。我埋头吃着，抬头看了一眼墙上总快三分钟的钟，又看了一眼手机上的时间。

熟了吧？母亲手里拿着一双筷子，拨弄着盘子里面的饺子。

熟了，熟了。我说。

窗户开点吧？母亲走到距离餐桌几步远的窗户前。

不用，不用。我说。母亲还是，将窗户开了一道缝出来，探着头佯装看楼下马路上川流不息的车辆。清晨的凉风习习而入，亲吻着热气腾腾的饺子。

我拖着行李出了家门。外面，太阳已经升起来了，纯净的阳光照射在行人睡眼惺忪的脸上。我深呼吸了一口气，沁人心脾。

坐在平稳行进的客车上，窗外的风景匆忙掠过。大片的稻田如一块块厚实的棉毯铺陈在广袤平坦的黄土地上。高速两旁林立的树木在熹微的晨光里变得金黄，早晨无风，稀疏的枝叶间时不时闪过一簇又一簇喜鹊巢。薄雾的天空里，一对羽毛黑白相间的喜鹊从一棵树上飞到另外一棵树上。

眼前的景色不断地变化，时间好似落叶般静静飘落。长大，多么陌生而又熟悉的字眼，仿佛是持续百年的漫漫求索，又恍若是一瞬间的自我觉醒。

不知从什么时候开始，记忆里那个形象威严的父亲和性格倔强的母亲在我们面前变得小心翼翼起来，他们变得察言观色，变得犹豫不决，变得无所适从。

　　然而，回过头来想一想，当我们懵懂的时候，在他们面前不也是如此这般。他们越来越像年少的我们，我们越来越像壮年的他们。

　　小时候，我们都曾幻想过长大，渴望着硕壮的成熟。长大后的世界却并不如幻想中的那般五彩斑斓，没有王子的城堡，没有吃人的怪物，也没有怎么也吃不够的糖果……面对生活的风雨时，偶尔也会感慨一句：小时候真傻，竟想着要长大。那时候，我们未曾在社会的风风雨雨前独当一面。少年时，对自由无限渴望，急着去摆脱父母的束缚，好似堂吉诃德提着长矛冲向大风车。成了家，身为儿女亦为人父母，处在家庭的中心，渴望自由却责任加身，想想儿时的梦想也会感叹岁月的无常，时光的荏苒。

　　在消逝中行走，在春绿秋黄夏阳冬雪中长大和老去，生命是一次有始有终的旅程。在平凡的生活中练就寻找快乐的能力，感恩父母的养育，感恩朋友的陪伴，感恩世界的美好，对短暂而又漫长的一生而言，这些都是难能可贵的赐予。

　　可能，这就是长大后的世界本来的样子吧。

向阳而欣

刚满月的儿子小满喝完奶，趴在我的胸口，像一只小猫呼哧呼哧起来。

家里的灯都关掉了，于是窗外的光便溜了进来，不均匀地点缀在客厅里。被纱窗过滤后的晚风，不再那么黏稠，游荡在家里的每一个角落，无声无息，像小满渐渐低沉的喘息。

小满应该是睡着了。

卧室里，四岁的女儿跟她妈妈撒着娇，时不时传来一阵阵爽朗的笑声。我闭上眼睛，将注意力集中到自己的呼吸上，深吸一口气，再悠悠地呼出来，吸气，呼气……不一会儿，空调的呼呼声变得嘈杂起来，楼下马路上的汽车鸣笛声变得刺耳起来。

光　阴

记得上学时候语文试卷上经常有这样一道题，大概意思就是写几个描述时间过得快的成语，每次最先想到的总是"光阴似箭"。

"时间如箭，迅速流逝，形容时间过得极快。"那时只是浅知字面意思。如今二十多个年头过去了，再回头，原来如今才是身临其"境"。开弓没有回头箭，如箭的时间，从来都不会回头缱绻，它总是云淡风轻地旁观世间的阴晴圆缺、悲欢离合。

在城市的灯火阑珊和乡村的鸡犬相闻中，时间过得并不同步，似乎只要变换了环境，人们便有了不同的生活态度。周末得闲，喜欢回老家，清早置一把凉椅，摆在院墙大门下，躺着听鸡犬相闻，鸟鸣枝头；中午打来一桶井水，冰一个西瓜、几个水蜜桃；傍晚领着孩子走在田野里，顺着小沟渠认识一些不知名花草和昆虫；遇上晴天的夜晚，平躺在凉椅上看夜空中的星星……与自然建立连接，总能收获源源不断的能量。

听一首老歌，翻一张老照片，见一个曾经的朋友……不经意间，这些本该属于生活的生活，似乎都变得奢侈起来。成年人的世界与儿童的世界，最大的区别可能就是时间的友好程度。进入社会的大染缸，工作与家庭的平衡、个体的主观感受与群体的客观情绪的协调，似乎都与时间和精力的优化配置有关。

在岁月的长河里溯游而上，回忆总是漫不经心地映照进现实生活里。而在时间的坐标轴上对比今夕往昔，似乎一切都是可以在未来的日子里娓娓道来的故事。过来人称之为：光阴的故事。

而 立

如果按周岁算的话，这是进入而立之年的第三个年头。

2015年，毕业后走上工作岗位，来年便结了婚，有了一个女儿。转眼间过去了六年，又添了一个儿子。或多或少，周围的同龄人不是那么理解为什么会选择生两个孩子，当然这与重男轻女完全无关。女儿生下来后的那一两年时间里，内心非常抵触生二胎这件事情。

父辈年轻的时代，生养孩子似乎比现在"容易"一些。时过境迁，生养问题观念的差异，无形中也加深了两代人之间的代沟。捆绑在生活中的房贷、乱花渐欲迷人眼的娱乐、消费主义的侵蚀……当"躺平"这个词获得善意的批评和倔强的拥趸，这种"观念"的角力，可能就是每个时代年轻人都需要面对的现实。

人和人本就生而不同，所处年代、成长环境等都会影响人观念的形成，相互理解的前提是彼此尊重。我后来想通了一件事情，找到了一个说服自己生二胎的理由：假如冥冥之中，小满就是被安排到我们的生活里，注定要陪着我们走过漫漫人生旅途的一段，那我们何以选择拒绝？

至于选择的错误与否，不后悔的选择就不是错的。

相 安

我曾在一片生机勃勃的茶园里邂逅一位老妇人，她年近八旬，让我印象深刻的是她有着一口齐整洁白的牙齿。因此她笑起来的时候，周围茶香四溢。

老妇人有五个子女，都在外地成家立业。她不愿意住在大城市里，待不习惯，乡下清静，老伙伴又多，吃饭由己，出门便是熟人。她所在的村落里有一大片茶园，这几年茶场的效益不错，像她这年纪的人，平时没事时候采采茶，一个月也能挣个一千多块钱。

跟她在茶园里聊了半个小时，临走时给她拍了几张照片，洗出来给她寄过去。收到照片那天，她特地打电话告诉我。

记得在 2013 年，在靠近中国最北端的龙江第一湾风景区，我遇到一对夫妻，他们俩住在远离城市的黑龙江畔。我们在他们的住所吃了一顿饭，白面馒头配咸菜。蒸馒头的水是用黑龙江里的冰化的，面是从家里带过来的。虽然时隔多年，依旧能忆起那馒头的甘甜。

和他们的短暂相遇中，我感受最多的莫过于他们对眼前生活的那种恬淡与安然的态度。老妇人与那对夫妻的笑脸经常浮现在我的脑海里，少求则多福，烦恼就是地上的落叶，不捡就不会有。等风来了，落叶自然会被吹向远方。

一切尽意，远近相安。心向朝阳，欣欣向荣。生活中所有的安排，都是生命的赐予。苦难、幸运……终究都将成为人生的一段经历。

偷得生活一点闲

自从小满生下来之后，周末的生活基本上都是跟孩子打交道了。刚开始也不适应，因为被逐渐蚕食的个人自由，像鳞次栉比的钢筋混凝土下的昆虫，蜷缩在台阶下瑟瑟。

慢慢地，也就适应了，毕竟很多事情本来就是自己的事情，多一些拥有，就多一点背负。

秋意浓。周日的天气，比起昨天，更有入秋的韵味。高远的蓝天和洁白的云朵完美调和，空气中都弥漫着岁月静好的气息。阳光透过树叶，让已习惯于作为陪衬的绿叶有了花朵和果实的光泽。就连池塘里的水也漾起了温柔的笑容。

"学会接纳孩子，欣赏优点，包容缺点。"小区里多了很多这样的宣传牌，上面写着一些家长该如何与孩子相处，如何教育孩子成长的话语。

句句在理，看多了也有不少感触。

闺女大了，上中班了。其实儿子生下来之后，最担心的就是闺女一下子要面对宠爱被分享的落差，处理得好，她依旧可以身心健康地长大。处理不好，我们做父母的就须思考哪里做得还不到位。

思来想去，觉得无非就是要给予他们更多的陪伴。小区里有很多小孩子，也会遇到很多二胎家庭。其实我感觉，相较于老一辈年轻的时候，现在的年轻人物质生活更为丰盛了，精神世界却相对贫瘠。工作、家庭、事业、爱情……随着时代的进步人们背负的越多，要求也越发苛刻。

人们常提及"内卷"这个词，尤其是在教育内卷上殚精竭虑，也没错，毕竟现在年轻人似乎不太愿意结婚，不太愿意生养后代，究其原因，我觉得主要就是所处的时代环境可能并不友好。

生活对于生命而言，本来应该是一种游弋历史长河的体验，结果却成了一种无以言表的背负。

这才会有"未经他人苦，莫劝他人善"的认知。

下午领着闺女去新华书店买了一些上中班要用的文具，对着老师给的表，一样一样去买。回到家之后，小满有点闹，于是推小车带他下楼去转转。回家前，看到天边的太阳快下山了，于是到家后就去了顶楼。

日落很快，也就那么几分钟。

然而，在藕荷色天空的渲染中，时间仿佛被拉成了细丝状。飞机从霞光里飞过，鸟儿成双回巢，夜幕渐渐拉下的时候，城市的灯光变得绚烂起来。

虽然只有那么几分钟，却感受和回想了很久。

老刘的散文诗

2019 年 11 月底，我接到一个任务，长途运送一件重物。于是，我认识了司机老刘。

> 一九八四年，庄稼还没收割完。女儿躺在我怀里，睡得那么甜……

1982 年夏天，老刘第一次摸上了方向盘，踏上了油门，开启了自己的跑车人生。这一跑，就是近四十年。

"就喜欢玩车，一天不开车就难受，摸着方向盘，心里就安稳，职业病了。"坐在货车副驾驶座位上，安全带勒得我动弹不得。老刘嘴里叼着烟，时不时戴上老花镜看一眼手机的导航页面。

车上没开暖气，这么晚我也担心老刘开夜车会疲倦，冷一些能让人保持清醒，这样也好。我双臂环抱着身体，打了一个冷战。

"挂车，半挂车，旅游大巴，冷藏车……什么车都开过。"老刘对自己的驾龄有着绝对的自信。愣了一会儿，他告诉我他这辈子除了小磕小碰，车没碰过人，倒是碰死了一百多只鸡。

"怎么还碰到了鸡？"我问。

那是在一九九几年，当时老刘在肉联厂跑车，从淮安运送小包装到上海，跑一趟挣一千两百元。有一次，老刘两天一夜没睡觉，结果在路上开睡着了，轧死了路边鸡农一百多只鸡，老刘赔了八百块钱，留下鸡便走了。

"想想都后怕，从那以后就没掉以轻心过。"老刘说这事的时候，露出了尴尬的笑容。

"高科技真'害人'哪，一拍一个准，上个月在上海被罚了两次，已经扣九分了。"老刘每次到路口看到绿灯便不再踩油门，因此也"等"来了好几个红灯。

"六十岁之后 A 照强制换成 C 照了。跑到七十岁我就回老家养老，到时候这车还能卖个七八万。"当我问及老刘退休后有没有想过出去旅游，老刘果断地摇了摇头。

"先不想那事，铆足劲赚钱。"

　　明天我要去邻居家再借点钱。孩子哭了一整天了，
闹着要吃饼干……

我问老刘，你年轻时候肯定赚了不少钱。

老刘笑了笑说，那时候穷，家里都是土坯房，种地赚不到钱，

他从小就对车感兴趣，于是他就学习开车。后来，家里两层小洋楼就盖起来了。

"跑车就是要能吃苦。"在加油站加油的时候，老刘拿出一个皱巴巴的笔记本，戴上老花镜，一笔一画地写着什么。

"记下来，加油，保养，都是成本。"老刘憨憨地说。我把本子拿了过来，上面有条理地记着每一笔出车费用。"五十二升柴油：$52 \times 6.48 = 337$ 元"——是他刚加油的记录。

"跟着大客车走，它有定速巡航，跟着就不超速了。"老刘郑重其事地介绍着他的跑车经验，"送完货，晚上得往回赶，不然就是算两天，加上住宿的钱，都是成本。"

女儿扎着马尾辫，跑进了校园。可是她最近有点孤单，瘦了一大圈……

"那时候就盼着孩子好好念书，孩子不听话，就读了个大专，然后开始打工。"老刘有一儿一女，都已成了家，有了娃。女儿嫁到浙江，儿子在上海打工。

老刘和老伴在南京租了一间不足二十平方米的房子，每个月房租三百元。老刘每天跑车赚钱，老伴在家照顾六岁的孙子。

说着，老刘的手机响了，一串025开头的电话号码打了进来，他慢慢地松开油门，小心翼翼地从支架上拿起手机。电话是老伴打来的，老刘报了个平安就急匆匆地挂了电话。

老刘的货车很干净。挡风玻璃很干净，我探头看向漆黑的夜空，一些忽明忽暗的星星安静地闪烁着，像小时候看露天电影散场后走在回家路上看到的星星，只不过现在星星没那么多，也没那么亮了。

> 几十年后，我看着泪流不止，可我的父亲已经老得像一张旧报纸……

"待会儿东西送到地方，跟我吃碗面去吧。"

"不了，回去还得三个小时，到家也快三点了。"

重物送达，返程回家。

回到出发地，我们一左一右走到一家座无虚席的面馆，我点了两碗长鱼面。

"这家生意真好，大晚上还这么多人。"老刘坐了下来，脸上丝毫没有倦意。他风卷残云地连汤带面吃完，点着一根烟，惬意地抽了起来。

"酒不吃，就好一口烟，要是不想抽烟，身体就出毛病了。"吃完面条，我们俩走在空荡的马路上。

"路上注意安全。"我挥手跟他告别。人和人的相遇，随缘而来，去往无意。

"你快上来吧，我踩两脚油门送你回家。"老刘催促我。我委婉地谢绝了。

我骑着共享单车，一只手扶着车把手，一只手塞在口袋里，左右手不停地交换着扶着车把手，这样可以保证一只手不挨冻。外面的温度着实有些低，路上汽车来来往往呼啸而过，一名代驾骑着可折叠的电动车从我眼前穿过。不远处，一辆写着"炒饭、关东煮"字样的三轮车冒着热气。

　　我停下车，将耳机里即将播放完毕的《父亲写的散文诗》调成了单曲循环模式。

习以为常的珍贵

看到一个短视频，连续看了好几遍：一位四十多岁的中年男人，笨拙地跟在医生后面将心脏和呼吸骤停的母亲送进抢救室。

医生立即开始抢救。男人的父亲和母亲是从外地过来的，为的就是和儿子一家快快乐乐地过个春节。

抢救了半个小时，医生们体力消耗很大，可心电图的曲线"波澜不惊"，似乎周围发生的一切都与它无关。医生跟中年男人说明了问题的严重性，让他做好最坏的心理准备。

就在这时，中年男人掏出手机，在母亲耳边播放起了自己儿子的视频。

奇迹发生了，母亲的心跳回来了。

可是，中年男人又面临一个两难的选择——母亲心脏、呼吸停止了半个多小时，对身体造成了损伤，需要大笔费用进行康复治疗。

医生跟中年男人阐明现状的急迫，希望他尽快做出决定。聊天中医生得知，原来中年男人的儿子疑似自闭，每个月需要八千块钱的康复费用，母亲进监护室每天的费用可能就要一万。

上有老，下有小，都需要钱。

母亲进了重症监护室，可能也还是"回不来了"。他不想留遗憾，但就算尽力了，遗憾可能依旧无法避免。那一大笔费用很有可能会打水漂儿。

在医生的注视下，犹豫不决的中年男人流下了泪水。

男人的妻子来了，中年男人小心翼翼地询问妻子的意见。

妻子几乎没有丝毫犹豫和迟疑，给予中年男子继续治疗的信心。那一刻，男人终于卸下了所有的伪装，泪水在眼睛里打着转。

幸运的是，老人经过治疗，身体恢复良好。

视频并不长，最后有一段话是这样的："没有谁的人生是容易的，人生太不容易了，所以只有经历了黑暗，我们才能感恩生活中一切的习以为常。"

不知从何时起，"中年男人"这个词似乎已经成为当下社会压力的一个标签。年轻时，无法背负责任，每个人都理所当然地觉得自由和无虑是人生与生俱来的色彩，然而当年龄渐长，人生不停做出选择，生活不断面临未知，方才知晓生活原本就是不易的。

很多习以为常的幸福，失去之后才知道尤为珍贵。

作家余华曾感慨过，他也搞不明白为什么《活着》现在如此流行。隔着文字与福贵面对面，作为一个读者，尽管这本书我看过很多遍，但是我仍然感受不到他真切的喜怒哀乐。

也许人和人之间，本身就是很难共情的，以至于互相理解几乎成了一种奢望，以至于互相尊重成了一种维系关系和谐的基础共识。

最近自己的孩子身体抱恙，因此医院我跑得勤快。两个大人都感冒了，自己吃吃药扛过去，基本对生活没有影响。而两个孩子不行，闺女和儿子都需要照顾。医院里人满为患，尤其是儿科，排队等叫号的时间很长，长到时钟的指针仿佛被外面的冷空气冻住了。很多满脸疲倦的家长抱着孩子倚在墙角，有的坐着就睡着了。

可能是因为吃了感冒药，排队过程中我也犯起了困。忽然，门口传来了嘈杂声，原来是 120 救护车连着送来了两个急救的小孩，有一个男孩因为过敏发起了高烧，父亲同样是个四十多岁的中年男人。

我起身，佯装看排号表，视线偷偷溜进抢救室。里面约莫是个十岁的男孩，像一只虾蜷缩在病床上，表情痛苦。

护士说男孩喝了八毫升的退烧药，全吐了。医生说，再喝四毫升退烧药，烧退不下去也不行。

站在一旁的中年男人不知所措，积极配合医生。

我想到了一个问题，如果很多人都觉得生活不易，为何又艰难前行呢？有些人生活看似轻松，其实背后隐藏着沉重。我们每时每刻都处在人生的十字路口，以一种飞蛾扑火式的勇敢蹚着混浊与清澈摸索前行，获得与付出本身就是硬币的正反面。

自己选择的人生、无法推卸的责任、理所应当的给予，都可以让人拥有坚不可摧的信念，就算浸泡在阴沟里，依旧抬头仰望星空。

白鲸与海

　　散场后，两头白鲸在水池里无拘无束地游动着。

　　它们仰面朝上，摆动着宽大的尾鳍，水流与皮肤之间几乎没有了摩擦力，看上去是那么的自由自在。看台前还有一些驻足停留的家长，他们蹲下身子和孩子一起赞美巨幅玻璃后两个白色精灵的美丽。

　　对于成年人而言，看到眼前这么美丽无瑕的白色精灵，可能还会想到它们被圈养在这衣食无忧却狭窄的水池里的苦恼，孩子们却指着它们发出新奇的尖叫声。孩子的世界里一切都是美好和新奇的存在，童心会让快乐变得那么快乐，也会让烦恼变得不那么烦恼。当他们想到白鲸是远离海洋身不由己被束缚在这里，他们的快乐会少一些，烦恼会多一些。

　　早在1535年，法国探险家雅克·卡提尔的船队发现圣劳伦斯河的时候，呈现在他们眼前的是一群在水中载歌载舞的精灵，它们的歌声悠扬，响彻百里。船员们陶醉在它们美妙悦耳的歌声中，他们亲切地送给了这群精灵一个称呼——"海洋中的金丝雀"。于是，雅克·卡提尔便命名了"白鲸"。

说到海洋馆中的动物的由来，无非两种途径：野生捕捞后驯养和人工饲养。

对于人工饲养的动物来说，它们不曾见过自己种族繁衍生息的地方，它们的遗传基因也许会或多或少、隐隐约约地传达给它们一些讯息，但对它们的生活来说这无关紧要。而对于野生捕捞的动物而言，这是截然不同的两个世界，白鲸在捕捞前可能随时随地都会被北极熊和虎鲸捕杀，圈养后衣食无忧，寝食易安，只不过每天需要为一群素不相识的面孔奉献上熟能生巧的表演。

我想到了庄子——

庄子与惠子游于濠梁之上。庄子曰："鯈鱼出游从容，是鱼之乐也。"惠子曰："子非鱼，安知鱼之乐？"庄子曰："子非我，安知我不知鱼之乐？"惠子曰："我非子，固不知子矣；子固非鱼也，子之不知鱼之乐，全矣！"庄子曰："请循其本。子曰'汝安知鱼乐'云者，既已知吾知之而问我，我知之濠上也。"

翻译过来就是：庄子和惠子一道在濠水的桥上游玩儿。庄子说："鯈鱼在河水中游得多么悠闲自得，这是鱼儿的快乐呀。"惠子说："你不是鱼，怎么知道鱼的快乐？"庄子说："你不是我，怎么知道我不知道鱼儿的快乐？"惠子说："我不是你，固然不知道你的想法；你本来就不是鱼，你不知道鱼的快乐，是可以肯定的。"庄子说："请从我们最初的话题说起。你说'你哪里知道鱼的快乐'等等，说明你已经知道了我知道鱼的快乐才来问我，我是在濠水的桥上知道鱼儿快乐的。"

其实，人类真的无法设身处地地思考动物的感受，只有妄自猜测，人与人之间都很难共情，更何况人与动物之间。

也许，人群散去，夜深人静的时候，白鲸还会想象着大海上碧蓝的天空和海洋温暖的怀抱。毕竟海洋馆生存环境模仿得再怎么逼真，它也不是真正的深邃无边的海洋。

很明显，走进海洋馆或是动物园，成年人获得快乐的能力远比不上孩子，孩子们根本就不会庸人自扰这么多。

路

　　我特别喜欢一句广告词："人生就像一场远行，不必在乎目的地，在乎的是沿途的风景及看风景的心情。"

　　"说走就走"这个短语其实是一种热情和勇气混合而成的结晶。虽然每次骑行都设定了目的地，但出发的时候心里依然清楚，看到的风景才是路上最美好的存在。

　　我打开手机上的地图软件，在屏幕的放大和缩小中将定位符号定在了苏北灌溉总渠。从家出发，分别经过城市的道路、公路、乡间的小路，沿着河堤的石子路、柏油路和水泥路，甚至还有一段坑坑洼洼的泥土路。

　　目的地将至，我坐在河边休息，吃着随身带的一些干粮补充体力。回想方才骑过的路，发现一个挺有意思的联系，那些路和我们的人生轨迹相似。

　　城市里的道路宽又直，还有红绿灯，交通有序。它就像"童年的路"，孩提时，父母为我们铺平道路，他们教导我们应该怎么走路，怎么遵守规矩。城市的路况好，大家看到的风景也类似。

公路的路况好，车辆却繁杂，危险性也高，尤其大型车辆比较多。不过公路上骑得最快，行进的距离也是最长。它就像"学生的路"，学生时代，有人通过努力读书改变了自己的命运，走得比别人远，在同样的时间抵达了别人到不了的地方。学生时代诱惑多，我们的定力不够火候，稍不留神，很有可能误入歧途。

沿着河堤的石子路、柏油路和水泥路，路况复杂，时好时坏，因为靠着河堤，风大，顺风、逆风都有。它就像"社会的路"，从象牙塔走出来的学生，一旦接触了社会，有了责任和义务，人生就慢慢变得复杂起来。有时候工作和生活会同时遭遇压力，这就像逆风时走那些坑坑洼洼的石子路，行进困难，还容易溅得满身泥；有时候工作和生活会步入平缓期，这就像那些不好不坏的水泥路，虽有颠簸，但无须过分躲让；有时候工作和生活很顺利，就像顺风时骑在平坦顺畅的柏油路上，一路冲刺。

乡间的小路，窄，平整，车也不多，它就像"最后的路"。路两边都是农田，种地的人基本上都是中老年人，路边风景不好也不坏，骑在乡间的小路上，节奏会变得慢很多，时间仿佛也慢了下来。在农田里，经常可以见到隆起的坟包，象征着人的一生终归要回归泥土。

多数人的一生，要走的"路"大抵如此。父母、配偶、孩子、朋友等等，每个人都只能陪着走一段。

当然，不管是哪条"路"，在路上都会遇到另外一些人，比如在乡间的小路上，有的人诧异地注视着我，仿佛想知道我要去哪儿；比如在城市的道路上，有的人对我视而不见，他们根本不会关心我要去哪儿；比如在沿着河堤的水泥路上，我迎面遇到一个满头白发、精神不错的大叔，他远远地伸出右手，笑容满面地向我喊道"你好！"，我也报以笑容大声回应"你好啊！"。每个人都有自己的事情要做，每个人都有自己的方向，每个人都有自己的生活，人与人的相遇，没必要在别人身上寄托过多的期望，也无须过多计较别人的看法。生活本来就是自己的，活到了别人的眼里、嘴里，貌似是一种损失。

生命本就是一次无与伦比的体验，每一条路上都有千万种不同风味。

一路平安

一早打车去高铁站，遇到一个司机。上车后，司机问我是不是要走高架，然后又跟我确认怎么走比较合适。

我看了下时间，还早。

那就从高架走吧。我说。

车外天色渐亮，车内很整洁，干净。

师傅，你不是本地的吧？我问。

"重庆的。"师傅约莫四十岁，头发有些花白，戴了一副眼镜，脸上一直挂着微笑。

车行驶在一路绿灯的马路上，车内暖气开得很足，我看到人行道路口站着一个身穿亮黄色反光安全服的大叔。寒冬的清晨，外面应该挺冷的。

师傅是个健谈的人，我上车后，他一直跟我说话，说刚刚他接到一单，那个乘客一路上都很紧张，担心他绕路，他解释说平台管得严，超过一公里就会提醒乘客了。师傅解释的时候，语气有些急促，有些被错怪的感觉。他还说自己原来在富士康上班，从深圳那边派过来的，因为小孩考上高中了，早晚要接送，所以两个月前辞了职，开始跑滴滴。

主要是比较自由，他说，辞职前自己是个科长，这不是没办法嘛，上班时间不自由，接送不了孩子。

跑车时间自由，没人管也挺好，烦心事少一点吧。我接上他的话茬儿。

也不是哦，小兄弟。我一天跑十一二个小时，赚两百多块钱，也很辛苦。我起早跑，晚上不跑。

晚上咋不跑车呢？

早上跑，接到的都是有事的，赶时间的。晚上会接到喝醉的，有一次载了两个喝酒的，一个人先到站了，订单结束了，结果另外一个人还要去另外一个地方，我说得重新下订单才能走，对方不肯，非让送，然后就吵了起来。

如果就在附近，一公里范围内，送一下也没事，他要去的另一个地方挺远的。师傅说这话时，明显有些委屈。

我们做服务行业，服务态度是第一位的。他顿了一下，但是要讲道理，大家都不容易。

高架上车不多，很快便看到高铁站。

谢谢，我解开安全带，推开车门下车。

"感谢乘坐，一路平安。"师傅挥了挥手，笑着说。

外面的空气清冷得有些入骨。岁末冬寒，人情冷暖，每个人都在奔赴自己的生活。

人生的路可长可短，有时顺畅有时险阻，一路平安最好。

"你做最好的自己就行啦"

骑车去买东西，经过一个十字路口，眼看绿灯闪烁，猛踩几下脚踏，却又一个刹车稳稳地停在了等候区。红灯时间好长，习惯性地拿出手机，打发一下等灯的时间。

忽然，左耳边传来稚嫩的童声。

妈妈，晚上我可以去万达玩儿滑梯吗？一位年轻的母亲骑着电动车，前面脚踏上站着一个六七岁的小男孩。

你今天的鼓打过了吗？

打过了。

那当然可以啊。年轻的妈妈非常肯定地回答道，你看你只要平时在家认真练习，上课的时候老师就不会对你说回家要认真练习哦。

我把手机放进口袋，竖起耳朵听母子俩聊天。

嗯，妈妈，我要比班级里的人打得都好。小男孩接上妈妈的话，信心满满地说。

儿子，妈妈不是要求你打得比别的小朋友好。年轻的妈妈说出这句话时，等候的人群里有个中年妇女转头看了她一眼。

小宝，妈妈只希望你今天比昨天打得更好，明天比今天打得更好就行啦，不需要你打得比别人都好，你做最好的自己就行啦。年轻的妈妈认真地说。

左转的红灯快要开始闪了，我只能再听一两句他们的对话。

妈妈，我以后把鼓打好了要赚很多很多的钱。

呵呵，你赚那么多钱干吗啊？年轻的妈妈好奇地问。

以后赚很多的钱，可以给我的儿子用啊。小男孩刚说完，我忍不住笑了出来。

年轻的妈妈也笑了起来，她竟无言以对。

左转的绿灯亮了，年轻的妈妈让小男孩扶好，他们继续说着笑着走远了。

左转灯变红，直行的绿灯亮了。

我从来没有如此期望红灯的时间再长一点。

洪水卷不走的爱

在公园里散步，偶遇一个健谈的大妈，她面容祥和，看起来平易近人。她很健谈，说到她的家乡吉林省桦甸市，她给我讲了一个故事。

那是在 1995 年 7 月，天还没完全亮，桦甸市突遭洪水，山洪从村庄上面的林场中间咆哮而下，像一群脱缰受惊的野马，势不可当。

她家住在山脚下一个小村庄里，洪水过境时，村民集中在村庄地势较高的学校里避难。山洪将一切阻挡它奔腾前行的事物冲向山下，村民们站在岸边，看到靠近岸边的人或者动物，便积极地去营救。

不一会儿，山洪湍急的水流中央出现了两个人头，看模样应该是一对夫妻，丈夫在后面，妻子在前面，两个人面对面，中间有一米多的距离。丈夫伸长了胳膊想要抓住妻子的手。无奈的是，在山洪的巨大能量面前，他的力量显得那么卑微和渺小。在下游一个十字路口处，水流形成一个巨大的漩涡，这个丈夫眼睁睁地看着妻子被卷入漩涡中。妻子被吸进漩涡之后便不知去向，这个男人在水里痛苦地哭喊、嘶叫。当时大妈和乡亲们就站在岸边却帮不上忙，只能干着急，他们跟着哭，跟着喊。可一切都无济于事，那个男人的妻子再也没有从洪水里冒出头来。

大妈说，她开始以为再坚强的爱都会被外力分开，直到她亲眼看见下述这件令她更难忘的事。

山上有一个鹿场，洪水把山上鹿场里的鹿冲了下来。在靠近岸边水浅的地方，有一只母鹿为了不让洪水将小鹿冲走，一直用身体挡住小鹿。大妈说，母鹿虽然背不了小鹿，但它一直在奋力地坚持着，用头不停地将小鹿的身体往上顶。

幸运的是，人们发现了母鹿和小鹿。有五个男人用绑上钩子的竹竿钩住小鹿的腿，奋力地将小鹿拉回岸边，小鹿被拉回岸上之后，母鹿终于精疲力竭，支撑不住，被洪水冲走了……大妈说，小鹿被拉上来的时候，钩子都陷进肉里了，小鹿趴在岸边，眼泪哗哗往下流。

大妈说她一辈子也不会忘记小鹿流泪的样子，也不会忘记母鹿被冲走时的情景。大妈还说，当时村里好多老人来不及离开自己的家，都淹死在自己住了一辈子的老房子里。

听完她讲的故事，回去之后我上网搜索了1995年桦甸市的那场洪水，看到了很多触目惊心的照片。想到那对夫妻和那两只鹿，我深深感受到有些爱是洪水卷不走的。

精神和旗帜

可能是因为真的长大了一些，所以并没有在情绪最恣意的时候纵容和矫情。老家房间的墙上贴了一张海报，穿 8 号球衣的科比带球突破上篮，面对克拉克的防守，单刀直入，脚上穿的还是锐步球鞋。

一张海报，很容易就勾起了有关他的记忆。

互联网时代信息病毒式传播，让人的思考空间变得日益狭小，很多情绪释放的空间都被虚拟，被人工智能所牵引和左右。

所以，不敢刷抖音，一刷都是情绪化作泪水的释放，那一个个年少时在球场上意气风发的男人，哭得很伤心。人很容易触景生情，尤其是青春小鸟飞走了之后。这就好比我看到墙上那张海报，就想翻出铁盒子里收藏的妙脆角全明星卡片。他们的视频下面有很多留言，也有一些并不会感同身受的人，将简单的个人崇拜引申到复杂的国家关系上，从而表达出自己对他们行为的不理解，甚至还会发出不太和谐的言语攻击。

"人和人生而不同，不求相互理解，只求相互尊重。"有些事情可以产生公共情绪，有些事情纯粹是个人情绪，无须设身处地去理解，只要能够相互尊重就好。

信仰和青春，都是比较敏感的字眼。科比的突然离世，对于很多从学生时代就打篮球、现如今已过而立之年的男人而言，的确是一种精神打击。

对于一个"科迷"而言，打击尤甚。

这几天思考最多的一个问题是：偶像对于一个人成长、成熟的意义。其实说是偶像，有点肤浅了。更贴近的称呼应该叫"够不着却很近的心灵导师"。我们一生会碰到很多老师，而影响一生的"人生导师"大都集中于青春期。精神上的"人生导师"会一直陪伴着我们往前走，无论任何地点，任何时间。

就科比而言，很早就有人总结出他的"曼巴精神"。喜欢他的人会心甘情愿为他摒弃自己的固执，倒掉自己杯子中的水，去聆听他的教诲，去追随他的"曼巴精神"。所有这些，都将在往后余生中有所显现，为人处世也好，自我修炼也罢。

在这几天冷却情绪的过程中，我也变得越发辩证地思考自己走过的人生、当下的生活以及将要面对的未来。肯定之后再否定，否定之后再肯定，人很难不囿于自己的思维茧房，突破一堵围墙，后面还有一堵围墙，这好比没有绝对的自由，每个人都活在自由的牢笼中，只不过有的人笼子大一些，有的人笼子小一些，有的人笼子是高墙铁窗，有的人笼子是公序良俗。

回到科比的不辞而别，网上有一种说法：本来我们很多人就没见过他，权当他退役之后就不抛头露面了，继续看他的比赛视频，那其实跟之前没什么差别。

这个想法虽然有些自欺欺人，但也合乎情理。如果真的能够做到如此这般，可能也会步入一种虚实难分的现实窘境。在失落时，想到他是怎么去直面黑暗，打破坚冰，承认自己的软肋，靠着自己的努力和拼搏，不找任何理由为自己开脱，永不服输地用自己的倔强证明自己的无所畏惧和有所担当，内心就会点燃希望。只是想想他在职业生涯中如何战胜伤病折磨，都会让人充满力量，充满斗志。翻出记忆里那些挣扎的时间碎片，一点都不希望自欺欺人，因为我们都知道，如果是他，他绝对不会回避的，直面生活才是他的底色。

没错，情绪的产生和消纳，就好像入口很烫的食物，要先将食物冷却，再咀嚼、消化、吸收。只不过，前者需要的时间比较短，后者需要的时间可能会很漫长。

我一直在思考应该用哪个词形容他对我的影响。

应该是，旗帜。

车　站

大巴车开了，车上的乘客满满登登，没有空出一个多余的座位。

大部分的人都捧着手机，戴着耳机，低着头沉浸在自己的世界里。也有人闭着眼睛，准备在车上晃个午觉。

"小背篓，圆溜溜儿，歌声中妈妈把我背下了吊脚楼……"靠着车窗的一位大妈折腾了好一会儿，才艰难地掏出她的老人机。

喂，我出发了，已经上高速了。大妈说着一口苏北方言，说话声很大，生怕对方听不清自己说的话。

放心吧，挂了啊。没说几句话她就挂了电话。

大妈的邻座是一个中年男人，他斜着身子坐着，身体一小半露在中间走道里。我侧头一看，原来靠窗的大妈怀里抱着一个约莫一周岁的小男孩，小男孩已经睡着了。中年男人斜着身子是为了给他们腾出更多的空间。

车里闷热，中年男人站起来把外套脱了。大妈趁这空当稍微调整了一下小男孩的睡姿，随后一脸歉意地对中年男人说，不好意思啊，挤着你了吧。

中年男人笑了笑说，孩子有一岁多了吧。大妈点了点头，她的双手十指相扣，环抱着睡着的小男孩。

过了一会儿，大妈给小男孩换了个睡姿，估计是担心小男孩睡一边时间长了身体容易半边热，也可能是她的胳膊抱得有点酸，单纯想换个抱孩子的姿势。

我想起读大学的时候，也是从这个客运站看到一个上了年纪的阿姨带着一个小男孩坐车回去，小男孩的爸爸和妈妈送他们到车站，车子启动前小男孩赖在车门口哭着闹着不愿意走。小男孩的妈妈一直在车下说"下次回家给你买玩具"之类的话哄他，直到司机关上车门出发。我回头看向那个年轻的妈妈，站在那里朝着大巴车的方向，捂着嘴巴哭了起来。

还有一次是在2014年，在去往长春的火车硬座车厢里，遇到一对爷孙，男孩的爸爸妈妈在大庆工作。趁着男孩放暑假，爷爷带着他去爸爸妈妈工作的地方玩儿几天。印象深刻的是，那个小男孩跟同龄人比起来，稍显愚钝，甚至有些发育迟缓。

这三个孩子有个共同的标签——留守儿童。如果不是生活所迫，年轻的父母为了给孩子创造更好的未来，我想应该没有哪位妈妈愿意离开自己的孩子。

工作以后，由于经常出差，还是经常与车站打交道。

火车站里总是熙熙攘攘。火车准点到站前，集聚的人群便提前簇拥在狭小的检票口。大部分旅客都在车站工作人员的疏导指挥下，顺利地检票过站。

　　有一次在北京南站的候车大厅，广播提醒乘客有序检票，突然从排队检票的人群里走出一位六十岁左右的中年妇女，她手里提着一些北京特产，还有一个很大的行李袋。中年妇女边走边抹着眼泪朝候车大厅出口的方向看去。

　　刚开始我以为她可能是眼睛不舒服，后来才发现她眼眶红红的，里面泪水不停地打转，她抹眼泪只是为了不让泪水模糊她的视线。我朝她望的方向看去，在往来不息的人流中，一个捂着嘴巴的年轻女子朝她用力地挥着双手。原来是在看给她送行的女儿，可能是因为临时有事，没有等到她进站就先行离开了。她的女儿旁边还有一位年轻男子，他的怀里抱着一个小女孩，小女孩扎着两条可爱的小辫子。

　　车站是平凡人生活的交叉点，每天都呈现耐人寻味的人生百态。我们的生活总是忙忙碌碌，忙着见面说你好，忙着分别说保重。

那里，有一片蓝色的海洋

"妈妈，我要去哪儿？"

"你要去极乐世界啊。"

"妈妈，我们要做好事。"

"嗯……"

简单聊完几句话，这个叫家豪的孩子就永远地闭上了眼睛。他才六岁，还有不到两个月的时间，是他七岁的生日。

2020 年 7 月 25 日 11 时 10 分，家豪离开了这个充满病痛却又让他无比热爱留恋的世界。我把这个消息告诉了一个朋友——她也知道家豪的事情，给他寄过儿童节礼物。朋友说："天堂里不再有病痛，我们终将抵达天蓝色的彼岸。"

我没有回复，也不知道怎么回复。

认识家豪，是因为宋姐。宋姐认识家豪，是缘于一次偶然的聊天。宋姐说，她是通过一次公益话题的讨论知道家豪的。家豪是宋姐朋友杨医生的病人，家豪肿瘤复发的事情，让杨医生揪心不已。宋姐无意中听到"家豪"这个名字，冥冥之中，有一股力量驱使着她去见了家豪一面。

生命是一次不知道明天和意外哪个先来的独行，生活是一次苦甘自知的赐予。家豪两岁半之前，是个再普通不过的小孩。直到2016年3月，他被查出恶性横纹肌肉瘤。在接下来的两年多时间里，他先后经历了"肿瘤切除""膀胱后切除""膀胱重塑"三次手术。术后，他又进行了八个化疗疗程和二十三个放疗疗程。

2018年4月9日，家豪做了左肾切除手术。苦难并未就此罢休，反而变本加厉。两个月后，家豪病情复发，肿瘤包裹了他的大动脉和静脉，不能手术的他只能到南京继续接受放化疗。就是在那个时候，宋姐走进家豪的世界。

宋姐对家豪最深刻的印象是，这孩子爱笑。那段时间，宋姐每天下班后都会过去看他，化疗致使家豪的牙齿不能咀嚼硬的东西，宋姐就炖红烧黑猪排骨等软和的菜给他吃。

家豪爱医院，因为他想活着。两年多的治疗时间，他几乎都是在病床上度过的，从开始怕打针，到后来对做手术都处之泰然。家豪说，住院可以减轻他身体的疼痛。放化疗，让家豪变了模样，他的头发慢慢脱落，他一撮一撮往下揪，等他变成了一个小光头，他调皮地让妈妈给拍了照片。

对于这一切生命难以承受之重，家豪让周围的人看到更多的是他的笑容。

可家豪终究是个孩子。他出去玩儿的时候，看到玩具想买，见到喜欢吃的东西想吃。有一次，家豪说想吃水果，尽管很是拮据，妈妈还是按照家豪想吃的水果种类每种买了一两个。回来后，家豪并没有欢呼雀跃，他内疚地对妈妈说："妈妈我错了，这些钱是叔叔阿姨留给我治病的，我不该吃。"

家豪生前对妈妈说过："妈妈我不想死，请你不要放弃我，我想治好病。"作为一个母亲，听到这番话，心如刀绞。家豪的病很严重，他的求医问药之路也异常艰辛，甚至乐意去做靶向药的"试验品"。

在家豪做完第八次手术后，宋姐带着家豪去了一次星级酒店吃自助餐。家豪第一次知道原来自助餐可以想吃多少吃多少，而星级酒店的电梯是那么大。宋姐还为家豪的事情上过一档慈善节目，主持人问宋姐为什么会那么帮助和关怀家豪，宋姐说，大千世界，有很多需要帮助的人，遇见就是一种缘分，家豪身上的坚强、乐观以及对生命的执着和热爱，值得很多人学习。

病魔成了家豪难以逾越的沟壑，一笔又一笔的医疗费用，又像永不停转的旋涡，拉着一家人往下坠。

"妈妈，我不吃不喝做个神仙，等我死了我就把你的病全部带走，让你好好活着就行了。"生命旅程的最后一段路，家豪走得异常艰辛，他不能下床，癌细胞压着神经让他痛苦不已。他无法进食，每天靠蛋白液苦撑。生命慢慢地从时间的缝隙间流逝，家豪的笑声也变得苍白。败给病魔只是时间早晚的问题。

家豪今年六岁，还有不到两个月的时间，是他七岁生日。他乐观，爱笑，还喜欢奥特曼，他说，手术时抱着奥特曼可以让他变得勇敢。

这个世界上有很多承受困难折磨的人，这个世界上也有很多愿意照亮别人生活的人。在浩瀚无穷的宇宙间，在看不到尽头的时间轴上，六年只是微不足道的一小段，似昙花一现般短暂。

他的名字叫姚家豪，他去的地方，有一片蓝色的海洋。

所谓生活

出差到北京，印象最深的就是空气。

记得 2012 年，去东北参加研究生面试，面试结束后，走在延安大街上，两旁高耸的树木摇碎了午后的阳光。可能是压抑了许久的情绪终于在那一刻挣脱了束缚，那空气的味道，至今还记得。

像极了北京这会儿的空气，干燥又清冷。

晚上走在一个胡同里，一不小心听到一首歌，歌名叫《昆明》。昆明，一个远在南国的城市，四季如春。

单曲循环是一种即时感觉的刻录，以后倘若再有机会，在同样的季节，再次走过这个小巷，听着这首歌，那就是感觉的重现，会有一种触手可及的时光印记，款款环绕在身边。

且行且思，经常会思考生活，学着怎么去生活，怎么去应对。成长有个特别有意思的地方，经历让人变得看起来世俗老练，然而世俗老练却让人很难获得纯粹的快乐。很多时候，也不是看不懂眼前的公式，只是不想那么轻易地臣服于现在和未来，从而有意无意地用对公式，却算错数字。

世界上最近又最远的距离，可能就是眼睛到脑袋的距离，目之所及，可见光年之外的星辰；目不所及，看不清面前的是非。

自由，这个虚无缥缈的词。读书时，看不懂那首诗，甚至觉得有些可笑——"生命诚可贵，爱情价更高。若为自由故，两者皆可抛。"1847年，匈牙利诗人裴多菲创作了这首短诗。寥寥几句，跨越时空兀自参悟诗人的思绪和心境。现在似乎慢慢地与年少时的无知和解了。

生命作为物质和精神存在的共同基础，最后在进阶淬炼过程遥不可及地注视爱情和自由，在时间和空间的无垠中，个体的存在，显得渺小卑微又富有诗意。

然而，如果究其意义，意义本身就是缺乏意义的。

思想，也是一个有意思的东西，当它发挥作用时，星光熠熠，可以照亮黑暗。当它如脱缰野马无法驯服时，又长满荆棘，无所适从。

所谓温柔，源于与生活莞尔。

所谓成长，源于与改变和解。

所谓沉默，源于与偏执不争。

行走在思考中

地铁、高铁真是准时，准时得让人安排行程的时候几乎不需要考虑太多时间的裕度。

赶车是一件有趣的事情，无意中让人有一种追赶时间的感觉。

曾经看过一则小故事：

一个瘦弱的男孩手里捧着脏兮兮的储蓄罐走在大街上。

他来到米铺的门口问老板："你这里有时间卖吗？"

"没有。"米铺老板温柔地说。

他来到酒铺的门口问老板："你这里有时间卖吗？"

"没有。"酒铺老板和蔼地说。

他来到杂货铺的门口问老板："你这里有时间卖吗？"

"没有……"杂货铺的老板停顿了一下，"你年纪这么小，买时间干吗？"

"医生说我妈妈时间不多了，我想给她买一点时间。"男孩认真地说。

杂货铺的老板从货架上拿出一个沙漏，倒立放在柜台上，细沙从沙漏中间狭窄的连接管道往下流淌，慢慢地，底部的玻璃球里堆起了一座小山丘。

"多少钱？"男孩问。

"时间是钱买不到的，这个送给你了。"杂货铺的老板抚了抚男孩的头发，随手从柜台里面抓了一把糖果递给男孩。

"谢谢你。"男孩说，"我今天没打算买糖果。"

男孩开心地将沙漏拿回家，他将沙漏倒立放在妈妈的床头，兴奋地说："杂货铺的叔叔说，只要把这个沙漏倒立，沙子流淌起来，时间就永远用不完啦。"

不可否认，现如今是个消费情怀且容易随波逐流放纵情绪的时代。人们很容易被感动却转瞬就忘却，这点在短视频平台表现得尤为明显。短短的几分钟、几十秒甚至十几秒的视频就能勾起一个人的情绪，然后又能很快将情绪抽离，犹如釜底抽薪。

当然这种现象可能与互联网技术的发展密不可分，人工智能看似冰冷却又温柔，算法看似没有人情味却又尤其有"人情味"，大数据看似遥远却又肌肤可亲。

因为感慨光阴的易逝，所以衍生恣意的情怀。怀旧日趋年轻化，只张不弛。碎片化阅读的时代，很难静下心来阅读。没有完整的阅读，就很难有系统的思考。所以情绪只能在网络上恣肆，回归现实后还得屈从于平凡的生活。不思考，也照样活得好好的。

情绪化，是缺乏思考的表征。键盘侠、喷子、流量明星、热搜话题……一直存在的"奶头乐"，也是浮躁和空虚最为常态化的精神桎梏。

"细思恐极"是个"细思恐极"的词语，像"只有一种声音的地方没有真相"这种话，可以说是深度思考，也可以说是过度思考。世上的道理本来就没有绝对的正确，就像哲学所言，没有绝对的真理。我们看到太多表象而鲜见所谓的真相，舆论引导是极具目的性的操作。好比《傲慢与偏见》所讲述的故事，真相沉在水底，不潜下去，很难看到一个人真正的模样。

说到故事，那个"曾经看过"的小故事，不是我看到的，也不是听到的，是我随口编出来的。也许之前的确看过类似的故事，然而一旦给故事加上真实的时间、真实的地点、真实的人名，赋予它情绪化的表达，感动或者悲愤，失望或者鼓舞，故事创造者的初衷人们就容易理解了。

等待日出

醒了个早。

窗外泛起了白，今天无疑又是一个晴天。河对面工地上机器的轰鸣声显得格外的清脆。惺忪之余，猝不及防冒出一个想法：去楼顶看个日出吧。

高层小区的楼顶，如果周围没有其他的高层建筑，站在楼顶有一种站在瞭望塔上的感觉。楼顶的风有些清凉，却又温和。太阳即将升起的地方，上空铺陈着一些压城的乌云，它们也在迎接光明的到来。城市还没有从宿醉中苏醒，行人早就开始穿行在笔直的马路上。玩具一样的建筑伫立在氤氲的雾气里，静默着。

想起小时候看日出的一次经历。那是小学老师布置的一个作业，看一次日出，写一篇日记。好像也是秋末冬初，天还没亮，我从温暖的被窝里钻了出来，在村子里到处转悠。老师讲过太阳是从地平线升起的，然而村子里有树木和房屋遮挡，于是我灵机一动，跑向村外的田野。就在我回头看向东方时，太阳已经升起来了……那篇日记，可能还存留在我收藏的那堆日记本里。

我想到了一首歌，于是我戴上耳机，设置了单曲循环。

清风拂面，乐声萦绕，景色宜人。太阳出来了。

突然有两个不合时宜的词从大脑的海平线上浮起：主观、客观。主观情感的产生和表达，更容易让人沉湎于自己的世界。我们有时候欣赏不了艺术家的创作，所以会对价格不菲的作品产生疑问；有时候我们会因为自己没有经历过别人所经历的困苦，仅凭自己所见就对别人的生活做出自以为是的评判。个体的主观局限性，与客观规律充满矛盾。

世界本来就是矛盾的，也是辩证的。一个伟大的字——度，为此应运而生。两者兼顾是最好不过的，就像这个再平常不过的周六早晨，主观的想法支配着我的身体去欣赏客观的日出之美。这个早晨注定会因为镜头的定格和文字的描述而成为岁月的刻录。这也让我想到一个特别有意思的话题，生活的意义是什么？

余华说过，人是为活着本身而活着的，而不是为了活着之外的任何事物所活着。在主观和客观的斡旋间，个体融入群体必然要经历从主观到客观的分庭，主观的感情可以让个体活得更自由、更自我，而客观的考虑又可以让人更好地融入群体，每一个主观的感情汇聚起来就是客观的角度。这就好比说一个人成熟的标准，是他能够学会换位思考。所以，"乌合之众"便不完全是一个贬义词，没有"人"，就没有"众"。

　　最后想到一句话：日出之美便在于它脱胎于最深的黑暗。

　　每一个向阳而生的人，都经历过孤独的沉淀。每一个给别人阳光的人，也都曾经历过黑暗的洗礼。

长津湖映忠骨魂

趁着假期，去看了最近很火的《长津湖》。电影很长，故事也很精彩。入秋后温度骤降，从电影院走出来已经快十一点，在清冽呼啸的晚风中，战场上轰隆的炮火声和嘈杂的枪声还回响在耳畔，绵延不绝。

历史，有时候厚重得晦涩难懂，有时候沉重得无以言表。不管是什么样的战争，无疑都是人类文明发展史上难以名状的伤痕。电影《长津湖》上映后，网上不乏褒贬之音。有人说影片最好的彩蛋就是"走出电影院，看到外面灯火阑珊，高楼林立，热闹非凡"。也有人说，那段历史值得更好的电影。

长津湖，位于朝鲜北部狼林山脉东侧，常年积雪冰封。长津湖是朝鲜北部最大的人工蓄水湖。七十一年前，中国人民志愿军第九兵团的战士身穿单薄棉衣，在严寒中与美军陆战一师展开一场长达二十八天的鏖战。这场冰天雪地中的殊死搏杀，也让名不见经传的长津湖变得家喻户晓。

当我们捧着手机敲着键盘思绪激昂地感慨讨论之余，可能更应该去感受，感受当事人的生死和悲欢，离别与疼痛。天寒地冻，十个脚指头都冻没了；缺衣少粮，饿得抓起雪就往嘴里塞。零下40℃，钢枪是冷的，石头是冰的，只有战士们的鲜血是热的。

七十多年的光阴沉淀，依旧有战争史学家在争论志愿军第九兵团仓促进入朝鲜参与东线作战的必要性，然而不管长津湖之战是否成为改变历史进程的拐点，这一战都十分必要且无法避免，形势之紧迫在狂啸肆虐的风雪中暴露无遗：美军第十军向长津湖地区攻击前进，意图攻占朝鲜临时首都江界后转向西进，包抄西线作战的志愿军后路。而志愿军第九兵团紧急入朝目标非常明确，那就是挫败美军的战略意图，挽救朝鲜人民军被合围的危局。

正如时间无法倒流，阵亡的志愿军是不可能死而复生的，那段历史也是无法泯灭的。忆古思今，忆苦思甜。学史明志，鉴往知来。也许，《长津湖》不是一部非常好的"写实"电影，因为电影本身就不是历史的重演。也许，《长津湖》也不是一部造诣很高的"战争"电影，因为它流于形式而缺乏深思，但是它却为我们了解这场战役提供了一个契机，我们知道关注进而想要了解，主动去阅读抗美援朝老兵回忆录类的书籍。

《血战长津湖》一书中有这样一段描写："很多人鞋子跟脚冻在了一起，鞋子脱不下来。由于没有经验，就伸着脚在火边烤，这一烤，鞋是化了，脚也一起烤化了。鞋子是脱下来了，脚已经烂了，一捏烂糊糊的。""这儿几十里内外都能闻到烧焦尸体的味道，凄惨的老人，无家可归的儿童，到处都是。战士们走了一路，憋了一股气，纷纷表示在朝鲜战场上狠狠打击侵略者，打好出国第一仗。"

苦寒地区，五十年不遇的严冬，是什么样的信念和精神支撑着血肉之躯御寒而行，穿梭在枪林弹雨中？为了找到这个问题的答案，我又看了电影《上甘岭》，在电影插曲《我的祖国》中找到了答案：

"一条大河波浪宽，风吹稻花香两岸。我家就在岸上住，听惯了艄公的号子，看惯了船上的白帆。这是美丽的祖国，是我生长的地方……"

正因为对美好有所向往，才会那么忠诚无畏。

身在井隅 仰望星空

"2011年冬，老四马有铁在政府和热心村民的帮助下，乔迁新居，过上了新生活。"《隐入尘烟》无疑是一部把美好撕碎了给人看的悲剧。正如热门评论所言，没提一字苦，却苦出天际；句句不提爱，却爱入骨髓，马有铁和曹贵英的短暂邂逅，似一根带着倒钩的刺扎进内心最柔软的部位，将生活的苦研磨成药粉，难以下咽。

苦难成了这部电影深入骨髓的主旋律，掀起了人们审视过往回忆和当下生活的思潮。马有铁一辈子沉陷在苦难的泥潭里，善良但被无视，老实还受欺负。悲惨的命运无时无刻不在践踏他的尊严，戏弄他的人生，可他一辈子没有诉过一句苦，在命运将跛脚且小便失禁的曹贵英赐予他时，面对门外这个同样徘徊于集体之外的边缘人的炽热眼神，他反而羞得手足无措。

爱情就像春雨过后嗅到清新空气，又似不经意间抬头看到的晚霞。狂风暴雨中，马有铁和曹贵英全身湿透地抢救那些白日辛苦拓出来的土坯，他们摔倒在泥浆中，奋力了好几次，都没能将对方拉起来。土坯被暴雨冲刷掉分明的棱角，却依旧是家的形状。雨中曹贵英的泪水、鼻涕混着雨水流淌，马有铁笑话着她，自己像个孩子一样乐开了花。

那一瞬间，幸福似乎变得简单又纯粹，像抽了穗就可以闻到丰收的麦子，像破了壳就可以吃到嘴里的鸡蛋，是那样的自然而然。那一朵在残酷现实的土壤中开出的名叫爱情的昙花，如同暗室中鸡雏孵化箱孔洞透出的光亮，给人以希望；又如屋顶清凉晚风中拴在裤腰带上的踏实，给人以盼望。

艺术来源于生活，穿透时间和空间的壁垒将人们的情感连点成线，连线成面。恍若昨日重现，过往的一幕幕仿佛触手可及。

可电影毕竟是一门艺术。细数古今中外那些经典文学作品，很多都是苦难主题。曹贵英死在了给马有铁送馍馍的路上，马有铁喝完农药吃着鸡蛋奔赴生命的终点。到了最后，生活将一点点建立起来的美好，一丝丝地撕成碎片，化作晒谷场上上扬的微尘和黄土地上氤氲的薄烟，眯了眼，凉了心。

小时候，村里有个人叫傻强，他几乎一辈子都与一头老水牛为伴，他经常光着脚在清晨和傍晚牵着牛从门前走过。印象中他没有埋怨过一句生活的苦，似乎在他的心里，生活仅是生活，没有"变形记"一般的对比，他根本就无法理解别人对他生活所下的"苦"的定义。

马有铁毕竟不是《活着》里面的福贵，福贵由奢入俭跌宕起伏的人生，让他在人生的黄昏与生活和解，而马有铁之所以做出与福贵不同的选择，也许是因为福贵和家珍之间并没有马有铁和曹贵英之间的那种爱情。

小麦花印出了爱情的模样，故事结尾的留白让人心意久久难平，后劲太大，道不明的压抑……这些都是艺术溢出生活的部分。

对美好的向往，似一盏明灯照亮人类文明的前进之路，这一路有很多茹毛饮血、披荆斩棘的苦。忆苦思甜本身就是一种品德，它可以催生共情，碰撞在热血之中，去感恩生活的赐予，去同情他人的遭遇。

苦难并不值得歌颂。那些置身阴沟却依旧抬头仰望星空的人，才是生活中最可爱的人。

那些颜色

光明的颜色

光明，是什么颜色？

小时候，印象最为深刻的便是家里厨房的白炽灯，长年累月的油烟缠绕，让灯泡的表面裹上一层厚厚的黑色油灰，可每次摁下开关，昏黄的灯光层次不均地贴在屋里面的土墙上。尽管过去多年，那感觉却不遥远，甚至触手可及。

工作原因，我有幸结识了一位老人，他的名字叫张书先。半天光景，我便从他的絮叨中感受到了光明。

张老给我看了一张照片，1996 年 5 月 27 日摄于一座小村。小村叫季安村，位于江苏省淮安市盱眙县古桑乡。照片里两位村民抬着一台披挂着大红绸的熊猫牌彩色电视机，身后的配电房屋檐上挂着一条横幅写着"江苏省实现村村通电"，周围衣着朴素的村民用力地鼓掌。

从无电到有电，是一次穿越黑暗的艰辛旅程。张老原是盱眙县农村电力管理总站书记，也是季安村扶贫通电的见证者。那时的季安村，地处丘陵山区，面积仅有 3.99 平方公里，1996 年以前，该村十一个生产小组四百四十五户村民均靠种田过日子，土地贫瘠，加上没有电，家家户户住着茅草屋，点着煤油灯，村子也是穷出了名。当时还流传着这样一个顺口溜："一年四季天天忙，节衣缩食少口粮。好男不娶季安女，好女不嫁季安郎。"

开山放炮挖杆坑，牛拉电杆上山去……在党和政府的关心支持下，一直靠煤油灯照明的季安村村民终于过上了有电的生活。

没有那个年代的生活阅历，就很难明白黑暗的滋味，也不会对刺鼻的煤油味记忆犹新。

张老说完季安村通电的故事，随口又说了另外一个"送光明到船头"的故事：同样是在 1996 年，在盱眙县河桥镇茅滩村有七户常年生活在船上的渔民，由于地处滩涂一直用不上电，孩子们晚上只能在煤油灯下写作业、复习功课，经常弄得满鼻子煤油灯灰，遇到刮风下雨天，煤油灯都点不着，只能摸黑过日子。为了给这七户渔民送去光明，盱眙县电力管理总站立即组织电力施工人员，勘查现场，制定方案，赶在第二年的元旦前为渔民送去了电。

让张书先印象深刻的是，当时九十五岁的渔民王遗标望着船舱内明亮的电灯泡，紧紧拉着电力工人的手，喃喃地说："活了这么久，没想到能在船上用上电，还是共产党好啊。"那一夜王遗标不顾家人的劝说，望着亮堂堂的灯泡，一夜未眠。

剜除贫困的毒瘤，插上光明的翅膀，浸入土地的每一滴汗水都变得意义非凡。

光明的颜色，是希望。

父亲的肤色

从扶贫通电到农网改造，电力建议几乎贯穿了我整个童年。

我的父亲是一名地地道道的村电工，现在他的职业有了更为洋气的名字——台区经理。早些年别人打电话给他请他修电灯都称呼他"罗师傅"，再后来打电话给他都称呼他"罗经理"。

这个称呼的转变，源自他发了自己的"服务名片"，名片上除了他的姓名、联系方式，还印有一行不太醒目的小字："涟城供电所台区经理"。

母亲说，父亲年轻时候皮肤白净，一点都不像现在这般。现在父亲的脸颊黝黑得有些发亮。每次他大汗淋漓地回家，拿掉安全帽，脱了上衣，那晶莹剔透的汗珠从黝黑的脸颊上流淌下来，淌过脖颈儿的黑白交界线，淌到尤为白皙的上身，那感觉像是从赤道到了北极。

他怎么晒的！这么黑。我问母亲。

农网改造的时候晒的，一直就没缓过来。母亲说着，脸上带着似笑非笑的表情，夹杂着一丝心疼。

工作后，我在志书上查阅到了农网改造的一些相关资料，1998 年 6 月，党中央、国务院决定用三年时间在全国范围内改造农村电网、改革农村管理体制、实现城乡同网同价。如果说扶贫通电是从黑暗走向光明的开端，那农网改造则让农村的生活生产用电发生了翻天覆地的变化。

在我的印象中，父亲这个电工做得非常的称职，从记事起，每一年的年夜饭他几乎都撂过碗筷。

几乎没有吃过一顿完整年夜饭的父亲，却又显得乐此不疲，对自己的工作有着崇高的荣誉感。他说，推上闸刀、电送上的那一刻，他心头总会涌上一股暖流，至于那股暖流从何而来，他自己也道不清、说不明。

2020年初，疫情来袭，对于每日奔波于四邻八舍的父亲而言，工作变得困难了些。大年初七的中午，正吃着饭的父亲手机突然响了，原来是隔壁张庄一户人家没电了。于是父亲催促我快点把碗里的饭刨完，说要带我去体验生活。

那户人家的故障点位置有些特殊，在地上满是鸡粪的鸡棚里，户主有些不太好意思，执意要先进去打扫鸡粪。父亲摆摆手说，没事，他看着点脚下就行。父亲三下五除二地处理完电表进户那段烧焦的线路，便从鸡棚里又钻了出来。

回去的路上，父亲说到一件让他那几天非常感慨的事情，大年三十晚上十点多韩石庄一户人家停了电，大年初一早上才打电话报修，那户人家的一位老奶奶说，年三十了，他（父亲）自己家也要团圆，等明天早上吃完早饭再打电话。

父亲说到这件事情，黝黑的脸上写满了自豪，在凛冽的寒风中，心头泛起阵阵暖流。

童年的我，对父亲这个职业的印象与烈日有关，那是一张张黝黑却又坚毅的脸庞。

皮肤的颜色，是责任。

幸福的底色

成年后，我有很多忘年交，家住江苏省盱眙县雨山茶场的司业英老人就是其中一位。

司奶奶今年八十岁，有五个儿女，都在外地工作成家。她闲不住，不愿待在城里。每个月自己在茶园里采采茶，也能有个一千多块钱的收入。

我们之间的缘分缘于茶园里的一次短暂交谈，临走的时候，我给她拍了几张照片，洗出来之后又寄给了她，她看到照片满心欢喜，还特地打电话给我。

今年4月，工作原因我又去了茶场。时隔两年，茶场又有了些许变化。我在第一次与司奶奶遇见的地方，又遇见了她。

显然她并没有忘记我这个"不速之客"，远远地就向我招手。听她谈及茶场的故事，总是那么引人入胜。

这个茶场是1958年成立的，过去有很多知青下乡到这里。进入21世纪，茶场也曾辉煌一时，曾荣获"中国茶叶博览会"金奖，还曾有外国友人慕名前来投资。

说起茶场的过去，司奶奶如数家珍，采了一辈子的茶，她的手泡在水里似乎都会有茶色漫延。

然而茶场的发展并非一帆风顺，2017年前后，由于绿茶市场竞争激烈，茶场原有的设备及制茶工艺落后，连续十多年的亏损让茶场陷入难以为继的窘境。

司奶奶说，当时看到茶农砍茶树，心里说不出的难过，可是不砍茶树又能怎么办呢，总要过日子，那会儿村里有贫困户三十二户、贫困人口 96 人。

直到 2018 年 7 月，"久旱"的茶场终于逢上了"甘霖"，有一个叫"能源绿·一品红"的电力扶贫项目落地雨山村。国网盱眙县供电公司组织人员奔赴浙江、安徽等地考察先进的红茶生产设备，还投入了四十八万元为茶场打造了一条全电气化红茶生产线，同时还改造了村里的变压器。在茶场的屋顶上安装了光储一体化工程，每年可为茶场节约生产成本十余万元……

到 2019 年底，雨山村便实现了全部脱贫。

喏，那边是新建的厂房。司奶奶指着远处的一个玻璃厂房。现在的日子好过多了，像我这么大岁数了，没事的时候采采茶还能赚得吃烟钱。

走的时候，我们一起拍了合照。司奶奶执意要带我去村里的小饭店，我跟她约定了下次我亲自把照片送过来，到时候去她家吃面条……

峥嵘的岁月烙印了祖国繁荣富强的光辉足迹，变化的沧桑记录着百姓奔向美好生活的点点滴滴。色彩是人类目光最直接的感知，也是涂抹在记忆城墙上最深沉的篇章。

我曾经问过很多人一个相同的问题，初心是什么颜色？

他们都给出了一个相同的答案：红色。

梧桐树下

太阳直射点的南移让北半球进入了昼短夜长的季节轮回中，晴空万里之际，南飞的归雁排成不太整齐的"人"字形去往另外一个国度。清晨，街道两旁的梧桐树安然静立在熹微的晨光里。

曾经在大学的校园里远远看到一棵枝干矮小、枝残叶稀的梧桐树，它的瘦弱与并立成排的伙伴们形成鲜明的对比。然而，当我路过它的时候，回头多看了一眼方才发现原来这棵梧桐树没有躯干，完全倚赖剩余一半的树皮支撑着它的全部。无意间多看的那一眼让我深刻地感受到了那棵梧桐树的刚毅和倔强，它的每一片叶子都抓住机会向着蓝天和太阳，它的每一条根须都源源不断汲取大地的营养。

"凤凰鸣矣，于彼高冈。梧桐生矣，于彼朝阳。萋萋萋萋，雍雍喈喈。"古人视梧桐为高贵之木，《诗经》中这首诗赞美高大挺拔的梧桐树，说莘莘萋萋的梧桐树引来雍雍喈喈的金凤凰。

人们口中常说的"一叶知秋"中的那一"叶"便是梧桐叶，所谓一叶落而知天下秋，古人把梧桐树看作知天地的智慧之树。然而梧桐树却也是文人骚客笔下说愁话凄凉的载体，如有"千古第一才女"之称的宋代词人李清照在《声声慢》中写道："梧桐更兼细雨，到黄昏，点点滴滴"，短短三两句，便将孤独和忧愁、苦闷和寂寞刻画得淋漓尽致。

情由景生，景为境迁。四季之中，唯有秋最难将息。春之息，生机勃勃，生命万象更新；夏之息，葱葱郁郁，生命活力迸射；冬之息，翘首望春，生命轮回逢春；唯独秋之息，孤立在夏之炎和冬之寒之间，绿叶浸黄，青草染枯。逢秋之际，越过悲寂寥而言秋日胜春朝者，逢秋的是季节，而不是生命。

生活中有那么一棵高大的梧桐树，它那遒劲的枝干撑起满树繁茂的枝叶，在夏日里为路上的行人遮挡骄阳的曝晒，在冬日里为鳞次栉比的城市增添斑驳的光影。这棵梧桐树好像一位德高望重的老师傅，无私地伸展着强壮的臂膀为周围的小树遮风挡雨。短暂的相处中，生活的细枝末节就能让人记忆犹新，时间的嘀嗒会随风远逝，但温暖的笑容却永恒地定格在街道两旁的梧桐树叶间。

徘徊在路上的时光，静默着像秋夜里的月光，无声无息，无影无迹。老师傅的智慧像是流淌在梧桐树叶上的银辉，在星稀无云的墨黑夜空中，宁静而又安详。

花开一季，犹可待重开之日。

水去一回，仍可期还来之时。

人逝山河，而今一世之故人。

梧桐树下，生生不息。

破"茧"砸"墙"

庚子年春节，兴许是迄今为止最"宅"的一个新春佳节，也是让人最清闲难耐的一次"长假"。

一场突如其来的疫情，搅乱了生活本来的节奏，辛苦一年的人们未能获得精神上和生理上的舒缓，囿于房内网络虚拟世界的喧嚣和外面现实世界的冷清交错繁杂反而让人倍觉纷扰。

通信技术更迭引发信息革命，当下我们每个人都无法回避的一个字眼：信息。这个联结群体和个体、人类和自然的纽带，像空气和水一样，无时无刻地充盈着我们的生活，左右着我们的思想，甚至还会煽动大众的情绪。

战国时期有这样一个故事：魏国大臣庞葱陪同太子前往赵国做人质，临行前，庞葱对魏王说，如果有一个人说街上有老虎，大王信吗？魏王说，我不相信。庞葱又问，如果有两个人说街上有老虎，大王信吗？魏王说，我有点怀疑。庞葱接着问，如果出现第三个人说街上有老虎，大王信吗？魏王回答说，我当然会相信。庞葱临行之前的这番话用意深刻，魏国都城大梁和赵国都城邯郸之间相隔甚远，庞葱一走，背后非议他的人不止二三。果不其然，庞葱走后不久便成了那只"老虎"，等他回国后，魏王再也没有召见过他。

毋庸置疑，谣言是信息传递过程中主观臆断明显的一种病态的信息形态，这就好比水的波纹在传播过程中遇到障碍物会发生形变，遇到另外一个波纹会发生叠加。因此，信息在传播过程中同样容易发生形变和叠加，这就导致"三人成虎"。

疫情期间，很多不实信息铺天盖地像病毒一样蔓延，势头猛烈，混淆视听。听说"喝双黄连能预防病毒感染"，于是各大药店、网络售药平台的双黄连口服液几乎在一夜之间售罄；听说"猫狗等宠物感染或传播病毒"，于是个别宠物主人"不得不"狠心从楼上扔下自家的宠物；听说"饮高度酒可以对抗病毒"，于是有些人信以为真，在微信群、朋友圈纷纷转发扩散起来……

当我们面临选择要作出判断和决策时，一般来说，我们是在对现有信息的认知基础上进行综合分析，从而做出自己的判断。而有的时候，我们掌握的信息可能不足以支撑我们即将做出的决策，这就会导致一个片面的、不利的结果。谣言的传播扩散需要一个庞大的基数，少数的造谣者并不可怕，可怕的是多数的传谣者。

2006 年，哈佛大学法学院教授桑斯坦通过对互联网的考察提出"信息茧房"概念："在信息传播中，因公众自身的信息需求并非全方位的，公众只注意自己选择的东西和使自己愉悦的通讯领域，久而久之，会将自身桎梏于像蚕茧一般的'茧房'中。"

信息时代网络的高速发展，为大众带来了更多获取资讯的渠道和选择的权利，我们根据自己的喜好获取信息来认知这个世界，我们习惯性地寻求对自己有利的信息作为判断的支撑而对那些与我们意见相悖的信息"视而不见"，久而久之，我们就为自己建筑了信息的"茧房"和"围墙"。这也解释了为什么人们在看到一条暂且无法证实对错的信息后，就会有意识地关注相关的信息。

的确，在碎片化阅读时代里，我们面临着大数据、人工智能的挑战，获取的信息因算法的精准和个人的喜好而趋于同质化。发挥人的主观能动性是不断提升自己思考能力和辨别能力最行之有效的方法，试图喜欢那些我们不喜欢的信息，试图随机地寻找一些新的信息，永远不要被自己更愿意相信的信息所影响，等等。谣言止于智者。提升自己的思考能力，面对那些披着彩色外衣的谣言时，才能明辨是非，处之泰然，不从众，不跟风。

我们可能不是织"茧"的人、砌"墙"的人，但是可以自主选择做一个破"茧"的人、砸"墙"的人。

大湖日落

　　气温断崖式下降，给明媚和煦的春光平添了一份乍暖还寒的诗意。周末和家人外出，返程路上要经过蒋坝小镇，便商量着在那里停车吃饭，顺便去湖边大堤上吹个晚风、看个日落。

　　临时起意的说走就走，总会让人精神变得振奋。车行驶在乡间水泥路上，经过一个村庄后穿过一片麦地，穿过一片麦地后又经过一个村庄。年迈的柳树已经垂下绿丝绦，远远看去像年轻时尚的姑娘飘扬的秀发。村里的老人静坐在下午慵懒的阳光里，目光温和地看着过往的车辆和行人。巧合的是，几乎每一位老人的身边都趴着一条没精打采的狗，时不时摇摇尾巴拂起地上的尘土。

　　我们赶在日落前抵达了这座始建于汉、因湖而兴的小镇。蒋坝小镇位于洪泽湖东岸，坐落于已有千年历史的洪泽湖大堤最南端，是历代治水官员驻扎之地。相传很久以前，洪泽湖水患猖獗，百姓愁苦。建安五年，广陵太守陈登奉皇命始筑大堤三十余里。

至明万历年间，总理河漕潘季驯将大堤延筑至蒋坝，洪泽湖大堤基本建成。蒋坝小镇便于那时应运而生，明时称通淮集。

找好晚餐的饭店后，老板娘热心地告诉我院子里有条小路直通湖边，可以先点好菜，待游览完毕回来后直接做了就能吃。这个建议让人心生愉悦，兴许大多数踩在饭点前来的顾客都是奔着大湖日落而来的。

穿行在窄巷里，青砖红瓦间透着一种与世无争的恬淡和从容。两旁房屋面巷而立，大部分的院门上都挂着一把锁。巷子拐角处有户亮着灯的人家，门口坐着个佝偻的老妇，屋内灯光昏暗，却飘来阵阵饭菜香。

再经过一座新建的石桥便抵达了大堤。逐级而下，不远处浩瀚的湖水拍打着岸边，阵阵涛声渐次袭来。随之而来的，还有那清凉的晚风。

西沉的夕阳映照出天边一圈金黄色的晚霞，在水天交接处画出一道笔直的分割线。碧绿的湖面暗流涌动，起伏着变幻莫测的形状。太阳裹在云层里，像火苗一样在水平线上晕染出霞光，与广阔蔚蓝的天空相映成趣。晚归的鸟儿掠过湖面，转眼间就消失不见。白日的喧闹和聒噪，通通淹没在水面之下。在这里，时间仿佛放慢了速度，黄昏的静谧和温和抚过每个指尖，驻留在发丝的末端，不肯离去。

河边的柳树也长出了新芽，柳条在晚风中恣意舞动。孩子们在湖边尽情玩耍，不知疲倦地捡起地上的小石子扔向湖面，大人则在一旁时刻提醒他们注意安全，不要过于靠近水边。驻足在这个有着千年历史的大堤上，晚风背着往日的故事，从历史回廊中走来，勤劳智慧的先人使用千斤重的条石及糯米、石灰浆，砌筑这蜿蜒曲折的"水上长城"。

临水席地而坐，湖水一波撵着一波向岸边袭来，将石头的表面冲刷得光滑圆润。石缝中探出一株又一株野草，倔强地生长着。落日、湖水、晚风、归鸟、涛声、欢笑……视觉、触觉、听觉在同一时空中相互交融，让人极易与自然建立起连接。

"一起拍张照吧！"我提议。

于是，一家人在湖边摆出造型，对着镜头齐声喊道："洪泽湖啊全是水，大闸蟹啊八条腿。"

讲故事的前辈

踏上工作岗位后，我认识了一位前辈。

遇见他的时候，我的眼前是一大片成熟的稻田。那天他在一个输电铁塔施工现场忙碌，休息间隙，我和他聊起了天。

刚开始，我们只是有一搭没一搭地聊着一些工作上的事情，后来，逐渐聊得投机了，他竟将自己的工作生涯娓娓道来。我们像许久未见的朋友一般，在那个秋日的午后，吹着风，闻着稻香，讲着故事。

他说自己十五岁那年就参加了工作，那一年，坐在书声琅琅的教室里，他听到父亲意外离世的噩耗。只那一瞬间，父亲往日那高大挺拔的背影就在他眼前崩碎了。作为全校尖子生的他放下了手中的课本，接替了父亲未竟的事业。

一件事情干得久了，自然也就有了感情。一提到2012年冬天那场暴风雪，他就觉得寒冷。那时，他接到一个任务，要在九十天内完成合理工期本应为九个月的输电线路工程。时间紧，地形也复杂，炸山、爆破、暴雪、低温……他们在铁塔的基坑里燃起蜂窝煤炉，尽量让基坑的基础温度达到施工标准，为此每天夜里都得巡视十几次……

我问他印象最深刻的经历是哪件事情。他沉默了一会儿，思绪穿越了眼前的稻田，飞向永不复返的过去。后来，他跟我说印象最深刻的经历是2008年的汶川地震，他接到前往汶川支援的任务，内心也是复杂的。坐在深夜两点出发的物资运输车上，父母和妻子的千叮万嘱依旧萦绕在耳边。他记得那晚车窗外的天空，星星闪闪发光，远处灯火稀疏的村庄显得很矮小。两千多公里的路程，人不离车，车不离人，日夜兼程让他倍感时间的珍贵。

"一定要全力给灾区人民提供生活用电。"抗灾抢险指挥部的命令，他至今记忆犹新。在灾区现场，余震不断，生离死别，他感受到了人在自然面前的渺小。他说那次的经历之所以印象深刻，是因为他们在灾区亮起的每一盏灯，都带来了温暖和希望。

多年后，每当我们云淡风轻地谈及一段刻骨铭心的经历时，总会希望别人能够产生情感上的共鸣。那个再平常不过的下午，他的故事好像怎么也说不完。

时间的指针拨到2016年，一场突如其来的龙卷风席卷江苏阜宁，厂房的屋顶被掀翻，巍峨的输电铁塔被扭成了麻花。那一次，作为抗灾抢险电力救援队指挥人员的他和队员们蹚着泥浆，昼夜不分地抢修受损的铁塔和线路。为了节约队员们早晨用餐的时间，他每天早上都会提前去临时搭建的食堂，把稀饭先盛好凉着，分好包子。他说那一次发生了一件小事，微不足道却让他难以忘却：有一回，当天抢修任务顺利完成后，他带着队员们去当地一家小卖部买水。他看到队员们脚上都是淤泥，就安排了一名队员进去小卖部。小卖部的主人见状，将他们全部邀请进屋休息一会儿："地脏了，再打扫就好了。谢谢你们。"

事情虽小，但是很暖。我向他说了我的感受，双向奔赴的情感，永远都是弥足珍贵的。他点了点头，满是皱纹的脸上露出毫无保留的笑容。

后来，我又从别人口中得知，他从 1988 年起资助五名贫困学生，持续多年，直到这些孩子顺利考上了大学。

我们至今都还是好朋友，偶尔聊聊天，谈谈对生活的感受，说说工作上的点滴。当然，偶尔他还会提及他的父亲，语气里带着些许遗憾。我很难感同身受十五岁的他在学堂里经历的情绪波折，也许那一刻他的脑海里只是一片空白。

生活总是牵着故事的左手，不紧不慢地向着时间的尽头走去，每一段短暂交织的旅程里，都站着讲故事的人，微笑着对着生活招手。

不孤独的岛

"嘟——"渔船发出一声沉闷的汽笛声，缓缓从开山岛泊船的码头启动，锈蚀的烟囱里喷薄出一团黑烟消散在空气中，海岛东南角竖立的风机安静地伫立着，风力发电机上"家就是岛，岛就是国"八个鲜红的大字醒目地定格在大海的怀抱里。

我站在渔船的甲板上，远远看到站在台阶上目送我们远去的小狗毛毛，思绪被海风卷进了此起彼伏的海浪里。

"纸上得来终觉浅，绝知此事要躬行。"脑海里不自觉地回想起了这句诗。关于开山岛，关于王继才、王仕花的种种事迹，都曾有耳闻，然而那些隔着电视、手机屏幕或者白纸黑字的报纸、杂志"脑补"出来的画面，都不及我亲身登上开山岛后，靠着自己的听觉、视觉、嗅觉感受到的十分之一真实。

孤独，像是一剂慢性毒药。它吞噬着人们起初的激情，而它量变累积起来发生质变之际，更像是一场完美的风暴，摧残着心灵的港湾。

1986 年，陪王继才上岛的灌云县人武部同志离开了开山岛，留下了六条烟和三十瓶白酒。而那时候的王继才，不抽烟也不喝酒。岛上没有电，太阳一下山，岛就像一条遗落在茫茫大海里的小船。

王继才的嗓子后来哑了，孤独让他恐惧，他给自己灌了酒之后，朝着大海狂喊……

我难以设身处地地去想象他的那份孤独，更不敢妄自提及试图去感受那份孤独，尽管我也随着人群踏上了这座只有两个足球场大的海岛。我能听到的，只是海浪的低语。我能感受到的，只有礁石的沉默。

爱情像是一颗灵丹妙药，它慰藉着执着者的倔强，好似黑暗中的一座灯塔，暴风骤雨中指明了方向，带来了希望。

得知王继才上岛，几天后王仕花辞掉了小学教师的工作，将年幼的女儿托付给了老人，毅然决然地上了岛。陪伴是最长情的告白，两个人的海岛多了一些温情，少了许多孤独。

开山岛是大陆的孩子，它像一只飞到十二海里外的风筝，飘摇在一望无际的大海上。风筝飞得再远，总有一根线牵着，而王继才、王仕花就是绑线的人。

开山岛上种了几十棵苦楝树，走在岛上可以闻到苦楝树淡淡的清香，在这座怪石嶙峋的岛上，苦楝树向着阳光，绽放着一簇簇粉紫色的花团。开山岛上还有一棵长了二十几年的无花果树，王仕花说无花果树结果的时候，满树都是，味道很甜。

在开山岛上，植物仿佛有了更加鲜活的生命，它们摆动叶子的时候就是在唱歌，它们开花结果的时候就是在欢笑。

年年岁岁花相似，岁岁年年人不同。时光从不停滞，岛上的一花一草、一石一砖都记忆着王继才和王仕花的说话声、脚步声，还有那猎猎海风吹动五星红旗的声响。

在开山岛嶙峋的怪石上，无意间我看到了一只小鹰，它目光如炬注视着周围的一切。过了一会儿，小鹰迎着咸湿的海风振翅高飞，消失在万里晴空中。

开山岛是孤岛，但它却不孤独，因为有光明在，也有爱在。"这岛上到处都是他的影子……"直到今天，我耳边还总是响起王仕花的这句话，余音绕梁，深情款款。

第三章

有时生活

走过很多路，见过很多人，听过很多故事。每一个人都有着自己的喜怒哀乐，嬉笑怒骂。这一切，都来源于生活本身。

梨　树

　　马路尽头的老房子里，住过一对老夫妻。

　　老房子不大，小得只有一个卧室，一个两个人无法同时转身的厨房，一个只能容纳一个马桶和一个洗漱台的卫生间。除此之外，还有一个光线不太好的客厅，找点东西都得开着灯。客厅的墙上有一面比人还高的大镜子，上面有一个用毛笔书写的红色的"寿"字。晌午过后大约有一刻钟时间，阳光是可以从窗棂张贴的窗户纸缝里照射进来的，那时便可以看到飞舞的灰尘飘浮在这短暂停留的光线里。兴许是年代久远，房子里总是阴冷潮湿。

　　老房子门前有棵梨树。

　　好多年前，不知道是哪个淘气的孩子吃完梨把核随手扔在了马路边。去菜场买菜的老阿姨一眼便认出了发芽的梨树苗，便小心翼翼地将它挖出来，带回家种在了院子里。

　　每逢春回大地，东风便吹开了一树洁白的梨花，招来翩翩起舞的蝴蝶和嗡嗡歌唱的蜜蜂。遗憾的是，梨树一直都没有结果，只是开花。老阿姨的丈夫好多次要砍掉梨树，老阿姨都拦了下来。

不结果也挺好，至少花开得好看。老阿姨说。

老夫妻俩也有遗憾，他们风风雨雨走过几十年，未曾生养过自己的孩子。可人生之路漫长，他们一直相濡以沫，恩爱有加。生活的相伴也像山林间潺潺流淌的小溪，委婉而又轻柔。

后来老阿姨生病了，在床榻上从春华躺到秋实，从酷暑躺到寒冬。老阿姨生病那段时间，她的丈夫变得小心翼翼起来，他几乎每天都推着轮椅载着老阿姨出去散心。他推轮椅的步伐轻缓，生怕颠簸到老阿姨的一根神经，他们一个走着一个坐着，一个说着一个听着，有时还会一个哭着一个笑着。时间在不经意间，就用白雪改变了世界的颜色。

老阿姨终究还是先走了一步，留下老房子里晌午后的一刻钟光影、老式梳妆台上的灰尘，还有老阿姨的丈夫那恍惚游离的眼神。

来年的春天，院子里的梨树又开满了洁白如雪的花朵，招来了更多的蝴蝶和蜜蜂。当最后一瓣梨花脱落枝头，老阿姨的丈夫拿起斧头砍掉了梨树，然后他就搬走了。

老房子空置了半年后，又住进了一对新婚不久的小夫妻。男人是个教初中物理的老师，女人在超市做收银员。小夫妻俩重新装修了老房子，将墙面粉刷上新的颜色，旧家具也都换成了新的，客厅的大镜子被擦掉了字，留了下来。

男人在收拾院子的时候，发现梨树根上冒出了一棵新芽，他兴奋地跑进屋内把这个发现告诉了妻子。妻子不信，她说他们刚搬来的时候，看到过那棵被砍断的梨树，梨树不像杨树，砍断后根部是不会发芽的。

男人拉着妻子的手走到院子里。妻子蹲下身子，果然，一棵羞怯的小绿芽冒出了脑袋看着她。妻子说，这不是从老梨树根上长出来的，是从旁边新长出来的。

男人也蹲下身子，从后面搂住妻子，温柔地说，咱俩要个孩子吧。

白色自行车

星期六的早晨，闹钟没响，竟然也就醒了。

醒来后，睡眼惺忪的马山发现床边坐着一个人，她背对着马山，双臂环抱着膝盖。马山嗅到空气中弥漫着一种愁苦味道，像苦杏仁。

我自行车找不到了。她倒也直截了当。

什么自行车？马山起了身。

一辆白色的自行车，手把上系了一根红绳。她接着说。

怎么没的？在哪儿丢的？马山又问。

梦里面，骑着骑着就变成二八大杠了，然后就没了。

这事可难办了。

刷牙、洗脸、吃早饭，像每个正常的周末早晨一样，马山按部就班地完成早晨的生活仪式。

你今天一定得帮我找到自行车。她说。

要是找不到呢？马山打开手机，查了一下白羊座今天的运势。

不行，找不到你就别回来了。

这事可真的难办了。

马山心事重重地走在河边。深秋的季节，河两岸的常青树并没有随着季节的变化呈现颜色的变化，它们郁郁葱葱，坚定执着。

去哪儿找梦里的自行车呢？马山走到河边的一张长椅前，坐了下来。眼前长流不息的河水变得沉默、无助、忧愁。

不远处，传来一个大人和小孩的说话声。马山转头一看，那个孩子骑着一辆白色的自行车。

莫非这个孩子是个小偷？

仅仅过了一秒钟，马山就否定了这个天马行空、毫无根据的猜想。再说，孩子的自行车手把上也没有系红绳。

马山起了身，沿着路边自行车停放区的白线框往前走。白线框内停着一辆又一辆自行车，大部分都是橘黄色的共享单车。走了足足半个多小时，马山依旧没有发现一辆系有红绳的白色自行车。

实在找不到的话，那就报警吧。马山想。

马山惊恐地发现自己竟然有如此诡异的想法，警察肯定会认为他是一个精神病的。

马山蹲在一棵法桐树下，将自己的忧愁告诉给顺着树皮往上爬的蚂蚁，蚂蚁们似乎并不理会马山的胡言乱语，它们井然有序地忙碌着。

我找不到你的自行车。马山发信息给她。

她没有回马山，可能她这会儿有琐事缠身，比如洗衣服、做饭、给孩子收拾玩具……

马山打开手机，翻看很多年都没有登过的 QQ 空间。尽管现在已经很少登录 QQ 聊天软件了，万一能在 QQ 空间里找到一些蛛丝马迹呢？可就算翻到了最早的一条个人动态，也没有发现任何有价值的线索。于是，马山又进入她的 QQ 空间。

自从她嫁给马山之后，就很少在空间里发个人动态了。马山一条接着一条往前翻，她曾经发过很多美食的照片，烤冷面、烧烤、绿豆糕，对哦，她以前就对美食情有独钟，也算是个美食爱好者，现在却好像对什么吃的都不感兴趣；她曾经发过很多旅游的照片，海边、高山、草原，是哦，她一直是个户外运动爱好者，现在已经很久没有出去玩儿了；她曾经……

翻到 2015 年 10 月 15 日，马山的手指在屏幕上停止了滑动。那是一个深秋的傍晚，在整洁宽阔的林荫道上，她正骑着一辆手把上系着红绳的白色自行车。

那天，他们第一次相遇。马山终于找到了白色自行车。

从明天开始

看到电脑屏幕上显示的高考成绩，她感觉那三个数字像命运之手在捉弄着她。

其实也还不错，离一本分数线也就差四分。一本学校上不了，二本院校一大把。

她走到阳台上，眺望远处林立的高楼，陷入沉思的旋涡难以自拔。昔日的自信和骄傲仿佛被这三个数字轻易击溃，对未来的美好憧憬和期待像镜子摔在地上，碎得很肆意。

站了一会儿，她觉得腿有点酸了，于是她坐了下来，夏日的清晨还有一丝凉意，随着太阳慢慢升起，地表温度也逐渐升高，寒意退去，她的额头和鼻尖渗出了细细的汗珠。

有人开门，是母亲买完菜回来了。

外面那么热，你在阳台不热吗？母亲在屋里喊道。

她并没有理会母亲，此时此刻的她心静如水，不起涟漪。

炒菜的香味从屋里面飘了出来，她闻到这熟悉的味道，鼻子突然一酸。

进屋吃饭啦。母亲说。

她从椅子上站了起来，母亲已经把饭菜盛好了。她坐了下来，埋着头吃着本应觉得味道可口的饭菜。

你今天怎么了？母亲问。

成绩出来了，离一本线差四分。她平静地说。

母亲顿了一下，随即嘴角泛起了稍显尴尬的微笑，没事，一本上不了，二本一抓一大把。

她没说话，眼泪开始往下淌。

你要是不想去读，那就再复读一年，反正你上学早。母亲安慰的语气让她有些喘不过气来。

你为什么不骂我一顿，她在心里对母亲说。

吃完饭，她蜷缩在沙发上，像一只午睡的小猫。

读书的时候，她是个沉默寡言的学生，喜欢安静地坐在教室里写作业，喜欢安静地听老师在讲台上讲解公式，喜欢放学后安静地走在回家的小路上。她的安静被别人褒奖为"淑女"。但现在，世界一片安静，她的脑海里只剩那三个数字，像梦魇一样成夜地活跃在她的梦境中。

她变得自闭，越来越不爱说话，她觉得自己得了抑郁症。

就这样，她浑浑噩噩地在家虚度了一年多的光阴。

这一天的傍晚，她像往常一样在公园外的林荫小道上散步。

不远处有一个摆地摊卖首饰的妇人，一个五六岁的小女孩蹲在她的旁边，帮她招呼过往的路人，希望他们驻足购买她们的首饰。

她犹豫了一会儿，朝那对母女的方向走去。

等她走近了，小女孩热情地跟她打招呼，姐姐，来看看我们的首饰吧，看好了我让我妈妈便宜点卖给你。

小女孩笑起来的时候嘴角露出两个可爱的小酒窝，还有一排洁白整齐的牙齿。

突然，她发现小女孩右边的袖管空落落的。

察觉到她的异样，小女孩的母亲说，两年前的一次坏天气，大风刮掉了高压电线，小女孩的右胳膊被高压电打到了，送去医院后胳膊没保住，幸运的是命保住了。

她没有说话，蹲下身子精心挑选地上的首饰，这些首饰看起来质量都很一般，不过价格倒是挺便宜。

这上面的字是你写的？首饰上贴着手写的价签，她指着上面歪歪扭扭的字问。

是的，姐姐，我是用左手写的。小女孩红着脸，有点不好意思。

写得很好看呢，这几样我都要了，你一起算一下价格吧，她对着小女孩的母亲说。

姐姐送你一个，我给你戴上。她说着就拿起一个粉色的小发卡戴在了小女孩的头上。

走在回家的路上，她突然觉得自己很傻，而且傻了整整一年多。

回到家之后，她看到这两年眼角皱纹增了很多的母亲，走了过去，紧紧地抱住了她。

母亲不知所措，愣在了原地。

从明天开始，我会好好的！她说。

阿　多

　　阿多在我们几个从小玩儿到大的发小儿中，属实是最匪夷所思的存在。

　　阿多长相帅气，气质忧郁，家境优裕。他的择偶条件是我们这帮土鳖无法比拟的。可我们却时常替阿多扼腕叹息，上天赐予他如此优秀的条件，他却活不出我们期待的模样。

　　阿多长着一双大眼睛，细长的眼睫毛整齐地站立在眼睑边缘。他笑起来的时候，常常引来周围女生的注视。

　　我们常说，阿多，你的笑容是有光的。

　　一个月前，我们几个人在一家西餐厅吃牛排，有一位衣着时髦、身材火辣的性感女郎走过来跟阿多要微信号。他俩成了好友之后，时髦女郎给阿多发了一个酒店的定位和房间号。阿多把这事告诉了我们。我们几个发小儿情绪亢奋，一边羡慕阿多有艳遇，一边怂恿阿多"单刀赴会"。

后来，阿多没有去，我们其中的一个人去了，志得意满而归。他说，时髦女郎刚开始很是诧异，后来聊得投机，也就半推半就了。

一个星期前，我们几个人相约去酒吧，这天晚上阿多喝多了，一个年轻的女孩走了过来，伸手邀请阿多去跳舞，阿多顺手抓起桌子上的瓜子，塞到女孩的手中。

阿多是被我们连拉带拽推过去的，阿多很会跳舞，女孩也很会跳舞，他们俩跳得合拍，男的颜值在线，女的性感在线，现场尖叫声不断，混浊的空气里弥漫着荷尔蒙的味道。

跳完舞，阿多被女孩拉进了卫生间。阿多从卫生间出来的时候，面色凝重，脸色稍显疲态。我们激动不已，满心以为阿多终于放纵了一次。

然而并没有。

女孩拿着一瓶洋酒走了过来，当着我们的面咕咚咕咚地喝了几口，转身就走了，留下我们几个表情惊愕地僵在那里。

后来我们才知道，阿多在卫生间里继续扮演正人君子，他拉着女孩的手哭了好久。

阿多的家境确实非常好，他是标准的富二代，至于为什么会跟我们几个普通人保持不变质的友谊，我们也不得而知，只是甚感欣慰。

清醒的时候，我们常常戏谑阿多："如果我是你，我肯定活得很潇洒。"酒喝多的时候，我们也会戏谑阿多："你是不是那方面不行，所以才不近女色。"半醉半醒的时候，我们还会戏谑阿多："阿多，我看你也挺阳刚的，怎么活得如此清心寡欲。"

阿多对我们的话不置可否，也不生气，只是一笑了之。

其实有些事情我们都知道，阿多的父亲在他十岁那年去世了。阿多十五岁那年，母亲改嫁，阿多的继父是个不苟言笑的商人。

有一天，阿多在我们群发了一条告别的信息就离开了这座城市，去了哪儿没跟任何人说。再后来，电话不通，消息也不回了，甚至连他的社交账号也一个个被注销了。

阿多的离开让我们几个人的生活黯淡了许多，不过我们都希望他过得快乐。

曾经在一个夕阳很美的傍晚，我和阿多一起走在冷清的河道上，我问阿多以后想去哪里。

阿多沉默了很久，慢慢放缓了步子，指着天边快要沉下去的太阳说，那里。

闲杂人等

夜里十一点。

幽黄的灯光从牡丹刺绣真丝拼接材质的窗帘的缝隙照进来，老李每晚睡觉都喜欢给窗帘留个缝隙，这样房间就不会那么密闭了。

老李翻了身，换了个平躺的睡姿，眼睛瞪得像灯泡。他确定自己今晚失眠了。

你今晚怎么回事。妻子察觉异样。

老李侧了下身，宽阔的后背对着妻子，像凭空筑起一堵高大威严的城墙。

你说一说，我解决不了你的问题，但是你只要说出来，心里肯定会好受一些。妻子说。

老李叹了一口气，又翻过身来。

我今天遇到的都是烦心事。老李语气愤愤不平，像洪水肆虐之下防洪大堤捂不住的管涌。

你一件一件说，反正我这会儿也不是很困。妻子的语气温和似水。

傍晚我去幼儿园接孙子，老师让家长在外面排队。老李说。

我每次接孩子都是这样的啊。妻子坐起身子来，看了一眼手机上的时间。

对啊，但是我被那个保安呵斥了，还当着那么多人的面。老李也坐了起来。

人家保安可能不认识你，再说了，你平时接孩子本来就少。妻子说。

可是不好好排队的又不只我一个人啊。老李有些委屈。当时小宝已经看到我了，所以我才没站到队里。

嗯，接走不就好了，保安的确有点过分了。

保安看我没动，就走过来，用手指着我的鼻子，让我好好排队，那会儿所有人都朝着我看。老李胸脯剧烈起伏，呼吸变得粗重。

原来就这么点事情啊。妻子安慰他。

我没退休前，到这个学校检查过，这个幼儿园的园长看见我都客气得很，满脸赔笑，更别提保安了。

看在小宝的分儿上，算了算了。妻子打个哈欠，将身体缩回被窝里。

我还没说完呢。老李用手推了推妻子。

我听着呢。

你女儿今天心情不好。提到女儿，老李的声音缓和了些。

她怎么了？

她今天休息，单位非得让她从市里回到县里做核酸。

为什么呢？

哎。

在小区里做不就好了，我上午就在小区里做的，很快就做好了。

不行，她单位说不去县里做不行。

那去了没？

去了。

咋去的？妻子知道女儿不会开车，女婿今天还值班。

我开车送她去的，她一路上都在抱怨，我一路上都在劝她。到了县里，那边人还多，天气也热，排了好久的队。

哎。妻子叹了口气，行了行了，睡觉吧。

还有呢。

还有啥？

你晚上吃的脆皮五花肉。

关五花肉什么事？妻子最爱吃小区旁边菜市场里卖的脆皮五花肉。那家门面虽小，脆皮五花肉的香味却飘得很远。老板是个看似憨厚的年轻人，他家烤出来的五花肉肥瘦相间，肉皮嚼起来嘎嘣脆。

我今天发现摊主不地道，他把顾客挑出来的脆皮五花肉切成小段装盒的时候，动作极快地把四五块切好的五花肉放到旁边一个盒子里。

这不是偷奸耍滑吗？

就是。

你没当众揭穿?

我忍住了。

哦。

最让我气不过的是今天路过天平广场，我看到有人在搞活动，就凑过去想看会儿热闹。原来是市里面的一个领导给一家新来的企业举办的活动揭牌。揭牌的人我认识，以前经常一起吃饭。可没想到，一位工作人员走过来跟我说:"无关人员请不要靠近，赶紧走。"

妻子没有回应，好像已经睡着了。

你醒醒，我再说最后一件事。老李推了推妻子。

你快说!

今天我在小区门口撞见经常跟你一起跳舞的王红英，她说你们那个广场舞比赛，她们组晋级了，你们组被淘汰了。我就看不惯她每次讲话都神气活现的样子。

老李说完也将身子缩回被窝里，调整了睡姿。

窗帘处的缝隙溢出的灯光变得温和起来，夜深了。

老李快要睡着的时候，突然，妻子猛地坐了起来，一脚将他踹醒，睡什么睡，都别睡了。

一碗炒河粉

"从今天开始，你每天早上一睁眼，立刻把眼睛闭上，在心里想我二十一秒。"王悦晶用嗲嗲的娃娃音将这几句不着边际的话吹进李智道的耳朵里。"我身上鸡皮疙瘩都起来了。"李智道条件反射地将头歪向一侧，试图筑起抵抗王悦晶潮湿爱意的城墙。"你往哪儿躲。"王悦晶身手敏捷地骑在李智道身上，像个勇猛的沙场角斗士，一手按在他起伏的胸脯上。"为什么只有二十一秒？"李智道一个鲤鱼打挺，翻身将王悦晶娇小玲珑的身躯压在身下。王悦晶并没有回答他的问题，她厚实的嘴唇紧紧地贴合在李智道的胸口，猛烈地吮吸起来。"给你盖个专用章。"

尽管已经分手多年，李智道的脑海里总是浮现那天早晨与王悦晶"互搏"的场景。

秒针转过表盘正午刻度线，李智道心里咯噔了一下。今天是一个重要纪念日，尽管分手有五年了，他也不记得，是王悦晶的生日。在偌大的装修奢华的办公室里，李智道一直等到了深夜十二点。他走到窗口俯瞰了一眼灯火辉煌的街道，深深地吸了一口气。出了公司的大门，他脚下停了几秒，然后向着和家相反的方向走去。

去吃一碗炒河粉吧。李智道心里想着。

"你每天早上有没有想我二十一秒？"王悦晶挽着李智道的胳膊，走在操场的塑胶跑道上。"有还是没有呢，我得绞尽脑汁回忆一下。"李智道的语气充满了挑逗。"那你用心去想。"王悦晶踮起脚将嘴巴凑近李智道的耳朵，用冒着热气的舌尖挑衅着李智道的耳垂。"我身上鸡皮疙瘩都起来了。"李智道将脖子缩向一边，试图躲开王悦晶可能发起的二次"突袭"。"那你到底想没想。""想了才怪。"李智道挣脱王悦晶的手，跑出一段距离，伸出舌头，发出一连串噜噜噜的声音……

清晨的空气微凉，沁着裸露在外的皮肤，李智道打了个寒战。炒河粉的摊位后面站着一位身材发福的大姐，升腾起的白色水汽转瞬便消散在了空气中。

"来啦，老样子？"炒河粉的大姐是个右胳膊比左胳膊明显粗上一圈的农村妇人。

"嗯，老样子。"李智道找了个座位坐下来。西装革履的李智道坐在市井民巷中一个河粉摊旁的一张简易折叠桌前，有一种说不出来的违和感，他自己却觉得无比的舒适。

"你这河粉摊摆了十多年了吧？"

"刚好十年整。"炒河粉的大姐从装满牛肉粒的碗里抓了一小撮放进锅里，右手端起笨重的铁锅翻抖起来。

"当你坚持做一件事超过二十一天，它就变成一个习惯啦。"王悦晶站在站台上，用力地朝着缓缓离开的绿皮火车大喊道。"最后一个寒假我跟你回家。"李智道的手机收到王悦晶发来的信息。"说话不算话的人会变成小狗。"看到信息的王悦晶伫立在站台上哭出了声。大学期间的最后一个寒假，王悦晶并没有跟李智道回家，她是最后一个暑假跟着李智道一起回的家，李智道的父母很喜欢这个俏皮活泼的女孩。

"好了。"炒河粉的大姐将一盘热气腾腾的河粉端到李智道面前。李智道剥开一次性筷子的塑料包装，撮起河粉大口大口地吞咽起来。

这碗炒河粉曾是王悦晶的最爱，每次她都会舀上一大勺辣椒油拌在河粉里。她并不是很能吃辣，但却嗜辣如命，好几次都被辣哭了。

参加工作的第一年，李智道和王悦晶同居在深圳一个不足三十平方米的出租房里。白天他们各自忙活自己的工作，晚上下班回来后他们一起做饭、打扫卫生、看电影……

"我昨天早上醒来没有想你，因为我快迟到了。"一番云雨后李智道脸上带着歉意，"最近太累了……"

"我想结婚了。"王悦晶蜷成一团，像一只猫。

"我还记得你以前经常跟一个女孩一起过来，好久没见到她了。"炒河粉的大姐说。

分手的那天晚上，李智道和王悦晶也是在这里吃了一碗炒河粉，那次王悦晶没有往炒河粉里加辣椒油。

　　"我为什么不早点跟她结婚呢？"李智道想着。大学毕业后，他总是想着奋斗出个人样来。

　　可是，王悦晶也说过，她的青春没几年。

约法三章

三年（2）班同学的聊天群又热闹起来。

前些日子，班长老周突然想起来一件事，今年刚好是三年（2）班的同学高中毕业二十周年。老周脑海里不禁浮现出二十年前高中毕业散伙饭的场景，筵席将散，书生意气的同学集体含泪约定，毕业后每十年搞一次十周年同学会。

老周刚在聊天群里发出二十周年同学会的提议，群里就沸腾了起来，就如同一块石头丢进了风平浪静的湖水激起了一层层涟漪，三年（2）班的老同学们叙旧的热情也被激发，七嘴八舌地畅聊起来。

为了搞好这次同学会，班长老周连着几日寝食难安。

上次老周牵头煞费苦心地搞了一次十周年同学会，最后结果却不尽如人意，很多老同学私底下跟他抱怨：老同学聚会本来是叙旧和联络感情为主，大家五湖四海相聚到一起实属不易，但是有些混得不错的同学，在同学会上总是有意无意地炫耀自己，以前玩儿得好的同学也因为地位、身份悬殊而分道扬镳，没有了共同话题。另外，同学会上大家都是抱团聊天，混得好的人聚成一小伙聊一些"高大上"话题，混得一般的人聚在一起聊一些无关痛痒的话题，还有好大一部分同学只能低头玩儿手机……

为了尽可能照顾到每一位老同学的情绪，唤醒他们内心深处的同窗情谊，班长老周充分汲取上次同学会的经验教训，他思考了很久，终于想到了一个妙招。

眼看聚会的日子日益临近，三年（2）班的聊天群里也聊得越来越火热，大家都在回忆往昔的点点滴滴，有些人还因为聊得不深不透，离开聊天群后继续私聊。老周估摸时机差不多了，于是在聊天群里发出了同学会规定，名为"三年（2）班二十周年同学会约法三章"：

一、禁止开私家车赴会；

二、禁止佩戴名贵首饰手表等奢侈品赴会；

三、禁止过多谈论个人成绩，避免互相吹捧。

老周的"约法三章"像上课铃声一样，本来聊得热火朝天的同学群立刻安静下来。老周也有些尴尬，毕竟如此突兀的举动会导致什么样的后果，他不好预估。

三分钟后，物理课代表李处长首先发话："没问题，班长的提议很好！"

李处长说完，群里又沉寂了两分钟，绰号叫"孙猴子"的体育委员接上了话茬："为老周班长的良苦用心点个赞。"

孙猴子说完，其他同学也都接二连三地响应，聊天群里的气氛又活跃起来。老周也长舒了一口气。

三年（2）班的二十周年同学会如期而至。这一天老周早早地等候在预订的酒店门口，热情地迎接每一位阔别已久的老同学。老同学们也都严格遵守老周的"约法三章"，大家都是乘着公交车或者出租车赴会，没有一个男同学戴表，也没有一个女同学拎着名贵的包。

这次同学会的氛围显得格外和谐。聚会一开始老周便带着所有同学共同举杯，敬去年去世的班主任，以示缅怀。聚会正式开始后，大家在觥筹交错、推杯换盏中回忆同窗往事，欢笑声不断，老周也备感欣慰。

酒席结束后，三年（2）班的老同学们按照惯例回到了母校。母校虽然已经变了模样，但属于三年（2）班的回忆却历久弥新。大家走在昔日朝夕相处的校园里，感慨万千。最后，大家照例在教学楼前合影留念。

拍完合影，老同学们接二连三地走出校园，大家停留在校园门口依依不舍的画面让老周鼻子一酸：这一次的同学会，有几个同学因为身体不好，都是抱恙前来参加，"规定"他们不能自行开车，有点委屈人家了。

人都送得差不多了，忙了一天的老周正准备走回家，"孙猴子"凑了过来。

老周看他似乎有话要说，便停下了脚步。

老班长，你的"约法三章"的确好，我建议再加上一条。

哪一条？

我不太好意思说呢。

你说出来听听。

再加一条：四、禁止谈论自己的子女考上哪所大学。

老周突然大笑起来，笑得他差点被自己的口水呛到，他拉着"孙猴子"的手往前走了几步。

你还会未雨绸缪了，不过下次也的确到那个时候了。

山顶的神像

山顶的神像放了一个屁。

消息从山顶传到山腰，从山腰传到山脚下。

消息传到山腰的庙里时，老和尚正在给小和尚们讲佛法，突然一个年幼的小和尚跌跌撞撞闯进庙里，大声喊道，师父，山顶的人说山顶的神像放了一个屁。

老和尚被小和尚的突然闯入惹恼，他敲了一下木鱼说，胡说八道，你先出去面壁思过。

老和尚讲完佛法，遣散了众人，独自一人去找方丈。

山顶的神像向来备受尊崇，就算不是佛像，我们也不能容忍凡夫俗子亵渎神明。要不要去山顶看看？老和尚说。

神像怎么会放屁，说这话的人大抵是脑子糊涂了。

每天去拜神像的人很多，兴许会信以为真。

你也老糊涂了，再说，屁都放完了，再去有什么用。方丈说完便闭上眼睛打坐。

这一夜，山间寂静无声，一轮明月高高挂起。

第二天下午，老和尚接着给小和尚们讲佛法。又一个小和尚小心翼翼地走进来小声说，师父，山下的人说山顶的神像放了一个屁。

师父，我也听说了。台下的一个小和尚说。

那你们俩先去面壁思过。老和尚敲了一下木鱼。

后来，山下来了一头野兽，吃了很多人。

山下的人集体向山顶的神像祈福保平安。可神像并没有显灵，野兽继续吃人。山下的人怨恨神像不作为，他们集体来到山顶找神像算账。路过山腰的时候，愤怒的人们还一把火烧了寺庙。到了山顶，众人合力将神像推倒在水池里。

无处安身的方丈遣散了和尚们，独自一人去了山顶。

神像真放屁了？方丈问山顶的人。

放了啊！一个人说。

屁怎么能看见呢？

好几个人都看到了。另一个人说。

怎么看到的呢？

那是一道彩虹，五彩斑斓的，不过你肯定看不到。第三个人说。

没等第三个人讲完，方丈摸起拐杖，敲打着地面要走。

听说山下的野兽被人撵上山了，那野兽有六只眼睛、八只耳朵，个头比牛还大，牙齿比镰刀还长。临行前方丈说。

山顶的人赶紧收拾了行李，跟着方丈一起下了山。

三　丘

桃李村的三丘疯了。

消息传到杏花村的时候，三丘正在桃李村和杏花村交界处的山丘上放羊。

这么一来，桃李村和杏花村的人都说三丘疯了。事情的起因是三丘最近一直在跟别人念叨，他想要研究出一种绕开女人生孩子的办法。

三丘今年五十岁。二十年前，有点文化的三丘在桃李村小学当过一段时间的语文老师，村里的娃娃都喜欢他，他上课时总喜欢讲一些光怪陆离的神话故事。

后来，桃李村小学撤并了，三丘因为一些个人原因，没能继续他的教育事业，无奈弃文从耕，老老实实当了个面朝黄土背朝天的农民。不过就算当了农民，三丘也是与众不同的，他在田埂上慷慨激昂地背诵李白的《蜀道难》，赢得稻田里成熟的麦穗窸窸窣窣的掌声。

三丘成为鳏夫是在十五年前，他的婆娘得了一种怪病，一受风就头晕呕吐。三丘为了给婆娘治病，花光了家里全部的积蓄，包括祖上传下来的一块金元宝。

三丘的婆娘一辈子没有给他生出个孩子。婆娘弥留之际已经不能言语，眼泪就止不住地溢出眼眶，嘴巴里咕咕哝哝地吐出自己的愧疚。

三丘没有再娶，他觉得自己应该有读书人的样子。

三爷，你研究出来没？我也娶不到媳妇。桃李村的后生嬉笑着三丘。

快了，快了。三丘憨憨地笑。

老三，我们村有的是寡妇，你咋就不能低就一下呢。杏花村的支书递给三丘一支黑色烟蒂的烟。

我的研究成果就好，就好。三丘憨憨地笑。

三丘，你看我咋样，我还不太老，你行的话，我还能给你生个大胖小子。村里跛腿的寡妇上门跟三丘说。

我的成果已经研究出来啦。三丘憨憨地笑。

这年冬天腊月十五，三丘家的大门挂上了一把崭新的大铜锁。三丘走了，所有人都不知道他去了哪里。最后看见三丘的人是跛腿的寡妇，她说三丘那天把他自己的牛卖了，从城里给她带回来一条厚棉裤，然后就再也没见过他。

三丘走了，桃李村的人总会念叨他。

来年的春天，三丘领回来一个怯生生不会说话的女孩。

三丘真疯了。杏花村的人看见桃李村的人，都这样说。

耍猴人

在河南新野县冀湾村，王义才是出了名的耍猴人。行走江湖三十多年，王义才走南闯北，足迹几乎遍布全国。村里面男女老少都敬他三分，一来王义才为人宽厚，从不与人交恶；二来村里耍猴的营生数他最着门道，村里有人问道时，他都倾囊相授，毫无保留。

清晨，王义才嘴里叼着一柄铜烟斗，紧锁眉头看着拴在院子里枇杷树上的猴子马留二和马留三。院内的窝棚里，还躺着奄奄一息的老猴马留一。

爸，马留一怕是不行了。王义才的儿子王文强嘴里嚼着一根稻草，身体像一捆稻草倚在门框上。

王义才没有搭儿子的话，他心里难受，这种难受的感觉，多年前那只母猴死掉时他体会过一次。多年前，王义才从山里捡回一只病恹恹、瘦骨嶙峋的母猴，经过悉心照料，竟也留得母猴的性命，后来母猴生马留三时丢了性命。母猴活着时，王义才带着它跑遍大江南北，一起扒过火车、住过民房……有苦也有乐。

出乎王义才的意料，一个月后的一天清晨，一家人在院子里吃早饭，马留一从窝棚里蹿了出来，手里还拖着一个蛇皮口袋。马留二和马留三看到马留一活蹦乱跳的模样，也跟着手舞足蹈、吱哇乱叫起来。王义才看到马留一手里提着的袋子，泪流满面。平时王义才出门都将蛇皮口袋抠出可供猴子探出脑袋的洞，方便带着猴子在人群中行走。猴有灵性，待在蛇皮口袋里甚是乖巧。

在冀湾村，祖祖辈辈都以耍猴为生。农闲时候，村里人结伴同行，南到广州、厦门，北到内蒙古、吉林。这些年来，随着人们动物保护意识逐渐增强，耍猴的营生越来越难以为继。

爸，你别去耍猴了。

你安心种地，我再耍耍，赚点钱给你娶媳妇。

王义才的独子王文强已近而立之年，一直打着光棍儿。王义才本想着将自己毕生的耍猴技艺传给儿子，王文强高中毕业后王义才却打消了这个念头，村里的年轻后生要么念书，要么外出打工，耍猴的营生已经不适合现在的年轻人了。况且，王义才也看出王文强不是块耍猴的料了。王义才带着马留一、马留二、马留三出门，出去了半年之久，回来时已是初秋。

回来后仅过了一个月不到，马留一就死了。王义才找来一件他曾经穿过的毛线衣将马留一裹了起来，装进蛇皮袋子里，埋在了后山脚下的坟茔地。

爸，你还是不要出去耍猴了，大不了我这辈子不娶老婆了。王文强把王义才送到车站，语气诚恳地说。这一次，王义才过了整整一年才回来，他加入一个马戏团去表演耍猴，赚到不少钱。

明天你把媒婆喊过来。王义才对王文强说。

王文强娶上媳妇后，王义才再没出去耍过猴，他老了，耍不动了。

你再也不耍猴啦？村里人过来串门。

现在耍猴没人看了，我爸早就没观众啦。王文强倚在门框上，端碗吃着饭。

王义才说，马留二和马留三都老了，耍不动了。

这一年的春节前，县里文艺团下乡慰问，团长找到王义才，请他带着马留二、马留三出个节目。王义才担心自己上台耍不好，团长安慰他，只要耍上，不管好坏都算是个好节目。大年初三上午，县城里的健身广场上搭起了巨大的戏台。上一个节目快演完了，王义才领着马留二和马留三在后台候场，耍了这么多年猴，王义才从未如此紧张。他左手牵着马留二，右手牵着马留三，两只猴子各戴一副猴面具，猴面具的眉心处各写一个"猴"字。

一声锣响，王义才领着两只动作并不利落的猴子上了台。台下的观众发出雷鸣般的掌声和热情的呼喊声，是的，他们好久没有看到有人耍猴戏了。王义才和马留二、马留三在台上卖力地表演，逗得台下的男女老少捧腹大笑。

爸，你表演的耍猴上电视了。在屋内看电视的王文强大声喊道。

王义才一手牵着马留二，一手牵着马留三，从窝棚里快步走出来，他们仨一起坐在电视前，高兴地鼓起了掌。

鲸 落

大鲸村的金富贵死了。

消息不胫而走，传到大鲸村每个男女老少的耳朵里。金富贵死得突然，村民们第一时间围簇到村主任金独秀的家门口询问金富贵的死因。金独秀看着村民们"求知若渴"的表情，心里像倒了作料瓶子，五味杂陈。就在昨天晚上，金富贵的独子金有义跟金独秀通了电话，提及了两件事情：一件事情是金富贵生前交代过死后葬在大鲸村；另一件就是大鲸村村民欠父亲金富贵钱款的事情。金有义说父亲突然离世，留了一笔债务要偿还。

前些年，大鲸村村民的生计主要靠出海打鱼，近年来由于海洋污染，可捕的鱼少了很多，村民的日子越来越不好过。金富贵打小就跟着离婚的母亲离开了大鲸村，奋斗了四十多年后衣锦还乡——三年前回来参加生父的葬礼。

在金富贵父亲的葬礼上，村主任金独秀拉着金富贵的手眼泪汪汪地说，富贵啊，咱们村日子越来越难了，穷得连外面的姑娘都不愿嫁过来。你现在混出样子来了，得带带大鲸村的父老乡亲们啊。说完，金独秀带着大鲸村的村民们低下了头。

一句"父老乡亲"，让半辈子颠沛流离的金富贵潜然泪下，在父亲的葬礼上号啕大哭。四十多年前，金富贵的母亲和金独秀好上了，后来东窗事发，金独秀为了保全自身，串通揭发的村民咬定是金富贵的母亲主动投怀送抱，不守妇道在先。金富贵的父亲身患残疾，也无可奈何。金富贵的母亲一气之下，就带着金富贵离开了大鲸村。母亲本就身体不好，又受不起这般屈辱，离开大鲸村不久便离开了人世。无依无靠的金富贵只身在城市里闯荡，在房地产行业摸爬滚打多年，也算是混出了模样。

父母先后离世，办完父亲的葬礼，年过半百的金富贵也想开了，他拿出自己的积蓄，借给大鲸村每户人家五万元，用于建造养殖渔场。渔场建好后的第二年，海产品市场不景气，大鲸村的产品出现滞销。万难之际，金独秀又带着父老乡亲找到了金富贵。金富贵没有一丝推辞，托人将大鲸村的水产品尽数收购，再以最低价格卖给加工厂，亏损的钱都是他自己承担。就这样，金富贵也成了大鲸村最受欢迎的人，渔民们甚至还在渔场里张贴了他的照片。

再后来，村民们手头渐渐宽裕起来，金富贵的房地产生意却遭遇了寒冬。金独秀跟村民商量，把当年每家五万元的借款还给金富贵，村民们的回答都一个意思："人家大老板不差这点钱，更何况人家自己都还没要呢。"

金独秀看着围簇在自家门口的村民，将金有义的话原原本本地告诉了他们。话刚说完，周围的空气就安静下来，金独秀仿佛感受到了海浪撞击海边礁石的力量。

"五万块钱不是小数目，还了钱，今后的日子可怎么过。"

"人都死了，这钱还是再等等吧。"

"本来日子才刚刚有起色。"

…………

村民们像潮水般慢慢退去。金独秀伫立在自家门前，泪水不禁流了下来。

还钱的事情如同死去的鲸鱼沉入海底，客死异乡的金富贵却也还是在大鲸村掀起了巨大波澜，大鲸村的三百多户村民在村主任金独秀的带领下，集体办丧三天，请来了三支丧葬乐队，体体面面地将金富贵埋在了村里的坟茔地。

下葬那天，大鲸村上空哀乐阵阵，久久不绝，飘向茫茫无际的大海，沉入深不可测的海底。

樊　篱

二头村家境最贫困的男娃叫樊一，邻家初长成的女娃叫黎伊。

樊一喜欢黎伊，黎伊也喜欢樊一。两小无猜，青梅竹马。

上小学的时候，每天早上樊一早早就在村头等着黎伊。樊一知道，秋阳升起之后，黎伊就出门了，两人就可以一蹦一跳地结伴上学。

村里出工早的大人看到樊一在村头拿石头往水塘里打水漂儿，就笑道，樊一，又等你家的小媳妇呢？

刚开始听到这话，樊一还会憋得脸通红，他鼓着腮帮捡起石子扔向大人的脚。大人们发出爽朗的笑声继续说，小伙子脾气不小嘛，小心以后媳妇跟别人跑了。说罢，大人们就走远忙活自己的事情去了。

樊一继续一边等一边打水漂儿，直到看见黎伊走了过来。

到了初中，樊一和黎伊都去县城里读书，每次放假他们都一起回村里，黎伊走在前面，樊一跟在后面，樊一一个人背着两个人的东西，村里的泥土路总是弄脏他俩的白球鞋。

村里的大人们看到他俩都热情地打招呼。

上高中时，樊一和黎伊继续在县城读书，每次假期结束他们都一起回县城的学校，樊一穿着旧衣裳，黎伊也穿着旧衣裳，樊一还是帮黎伊拎背包，背包里有黎伊的新衣裳。

大人们开始在他们后面说些什么，大部分都是一些关于早恋的话。每当这个时候，樊一那冒着青春痘和胡楂儿的脸就憋得通红，而胸前已慢慢隆起的黎伊只是笑了笑，一副满不在乎的样子。

村里没出过大学生，樊一和黎伊都考上了大学，这一年村里好像集体有了喜事，村主任特地把樊一和黎伊请到村委会门前的大场上，让村民们带着自家的娃娃跟樊一和黎伊"取经"。那是樊一和黎伊第一次受到村里人的祝福。

大学毕业后，樊一和黎伊回到县城工作。樊一成为一名建筑设计师，黎伊成了一名医生。再后来，黎伊遭遇车祸，装上了假肢，脸上还留下了一道十分明显的伤疤，从那以后，黎伊就不愿跟樊一一起回村了，她甚至以工作忙为借口减少了回村看望长辈的次数。

县城的女孩难攀，樊一的爹娘在邻村给他物色合适的对象，村里的媒婆也擦亮眼睛给樊一物色合适的女娃。他们想到的女孩里唯独没有黎伊。

樊一对父母说他要和黎伊处对象。他爹没说话，点着了一根烟，深吸一口走了出去。樊一看着母亲，母亲说，脸上有疤痕的女人会让家里难堪，尤其是以后娃娃生下来，周围同龄的小孩子会嘲笑娃娃。

樊一没说话，径自走了出去。

路上碰到村主任，村主任明白樊一的心思，他语重心长地说，你现在不嫌弃她，可你怎么能保证自己以后不嫌弃她，何况你现在条件这么好。

樊一苦恼了很久。

那天晚上，村主任家着了火，樊一在援救村主任年迈的母亲时被一根掉落下来的烧得通红的木棍烫伤了额头。在医院里，黎伊说这个以后肯定要留疤。

樊一的父母心疼地看着儿子，村主任满脸感激地看着樊一。

樊一走到镜子前，在镜子里樊一发现黎伊脸上的伤疤突然消失了，于是他的脸上笑开了花。

拉小提琴的女孩

"对不起，您拨打的电话暂时无人接听，请稍后再拨。"这天深夜，李山突然成了一个失恋的人，他连续拨了对方好几次电话，一直没有接通。喝了一会儿闷酒，李山自知不胜酒力便拖着沉重的身体往家的方向走。

天桥下，汽车从昏黄的灯光中疾驰而过，带来一阵阵夹杂汽油味的晚风，一声声喇叭声像滴入咽喉的酒。天桥是个热闹的休憩地儿，这里常常会聚集一些特殊的人，比如职业乞丐、流浪歌手、失恋的人，还有热恋的人。

天桥上隐约传来小提琴的乐声，李山一步两个台阶地往天桥上走去。

李山确实有点喝多了，他远远地看到拉小提琴的人是个长头发的戴着口罩的女孩，天桥上的灯光笼罩在她瘦弱的身体上。走到跟前，李山便认出了女孩。女孩拉得很用心，完全没有在意李山驻足已久。

女孩拉的曲子叫《卡农》，快乐且悲伤的情绪在空气中蔓延。

嘿，你不是卖艺的？李山问。

不，我是卖艺的。女孩并没有停止演奏，接着说，我的男朋友不要我了。

我没带现金，不然我就给你一些了。李山没有接上女孩的话茬。

我今天心情不好，跟男朋友大吵一架，然后分手了。女孩说。

我觉得你应该再准备一个可以盛放钞票的容器，比如一顶帽子，反过来就可以摆在面前了。冷风吹得李山愈加清醒。

我再拉一首曲子，叫《瓦妮莎的微笑》。女孩深深吸了一口气，随即又开始演奏起来。

李山走到女孩身后的围栏前，双手握在冰冷的铁栏杆上。车辆在他的脚下来来往往，晚风无拘无束地在夜空里游荡。李山连续打了好几个喷嚏。

我也跟我女朋友吵架了，吵得非常凶，我们分手了。李山说。

你再不走，我可就要跟你收费了。女孩说。

这么晚了，你一个人在天桥上不害怕吗？要是遇到坏人怎么办。

我长得不好看，脾气也不好，身上最值钱的就是这把小提琴。你男朋友没给你打电话吗？

我出门的时候没带手机。你要不要回去喝点蜂蜜水，早点休息，我看你今天好像喝了不少酒。

李山和女孩一句搭着一句聊着。又一阵风吹来，卷起女孩飘逸的长发，空气中微微荡漾着她的发香。

你再拉一首吧，我想给我的女朋友点一首《菊次郎的夏天》。李山说完，就将自己的围巾解下，盘成一个碗的形状摆在女孩面前，随即又将自己的手机放了进去。

嗯，这首曲子拉完之前，我男朋友再不过来接我回家，我就自己回去了。女孩稍作调整，闭上眼睛演奏起来。

李山慢慢地往天桥下走去，他确定自己酒已经醒了。

在女孩最后一首曲子奏完之前，李山又折返回来，他将女孩紧紧抱在怀里，贴着她的耳朵说，对不起，我们能不能不分手。

女孩的身体在李山的怀里轻轻地抽搐着，她在他肩膀上狠狠地咬了一口。

老齐的眼泪

老齐走了，像秋天的一片残叶落入平静的湖面，微微荡起了涟漪。老齐去世的时候，眼角流着混浊的老泪，他依稀看到大儿子齐强强和小儿子齐壮壮跪在他的身边。

老齐刚过二十岁就跟着村里人外出打工，他从工地的脚手架上摔了下来，大难不死却摔断了右腿，从此落下了瘸腿的毛病。村里的男人看不起他，村里的女人也看不起他。到了三十五岁，老齐才娶上媳妇。媳妇是隔壁村的一个哑巴，叫兰花。

老齐结婚后一直要不上孩子，村里人笑话他："老齐，你中间那条腿估计也摔断了。"老齐气得迈着瘸腿跟在他们后面撵，没撵几步就重重地摔在泥土里，扬起的黄土飘进了老齐的眼睛里，疼得他直掉眼泪。兰花咿咿呀呀地抱着老齐，跟着一起哭。

老齐四十岁那年，兰花肚子终于有了动静。这可把老齐乐坏了，他每天都把耳朵贴在兰花的肚皮上听动静。兰花临产那天，老齐家门口的大杨树上飞来两只喜鹊，老齐激动地守在门外，紧张得瘸腿一直发抖。

兰花给老齐生了一对双胞胎儿子。老齐给大儿子取名叫齐强强，小儿子取名叫齐壮壮。村里人都来向老齐道喜，老齐第一次挺起了胸膛，他笑容满面，瘸腿也有了力量。

齐强强和齐壮壮从小就皮实，兄弟两人在村里像两个小霸王，村里没有同龄的孩子能战胜他们这对"强壮"组合。

每当有村民领着自家鼻青脸肿的孩子来找老齐讨公道，老齐嘴上一个劲地道歉，心里却乐开了花。

齐强强和齐壮壮十八岁那年，已经长成了虎背熊腰的男子汉。隔壁村的村主任因土地归属争议前来滋事，村主任找到老齐，请"强壮"组合打头阵，老齐毫不犹豫地答应下来。那天，隔壁村村主任带来的人被"强壮"组合打得落花流水，他们学着老齐瘸腿的模样跑了回去。

争地风波后，老齐在村里的地位发生了翻天覆地的变化，村里没有人叫老齐"瘸腿"了，大家都改口叫他"齐叔"，老齐心里美得像吃了蜜。

村里的鱼塘是个生钱的宝地，村主任的侄儿仅仅承包了两年，家里就盖起了楼房，村里人都眼红得不得了。

老齐带着齐强强和齐壮壮去村主任家商议包鱼塘的事情，村主任满脸不情愿地说鱼塘已经承包出去了。回去后，齐强强把村主任的侄儿打了，脸打肿了，嘴也打歪了，村主任带侄儿到老齐家讨公道。老齐说，男人和男人一对一打架，打不过，只能自认倒霉。村主任憋了一肚子气，叹了口气拉着侄儿回去了。老齐家很快就承包了村里的鱼塘，没过两年，老齐家也盖起了楼房。

富裕的老齐在村里更加有了地位，他那条瘸腿好像也伸直了，走起路来都带着风卷着土，村民们看到老齐都很热情。

转眼间，老齐的两个儿子都到了结婚的年龄，老齐也近古稀之年。齐壮壮和齐强强先后结了婚，成了家。本该高兴的老齐却犯起了愁：两个儿子要分家。

老齐请村主任来做公证人，村主任对村里分家的事情早就习以为常。村主任帮齐家兄弟俩分了田地和家产。最后，众人的目光都落到老齐和兰花身上。兰花身体比老齐好，老齐带着一条瘸腿。

经过协商，老齐分到齐壮壮家，作为补偿顺带分走了齐强强的两亩地，村主任和齐强强、齐壮壮两家人都在字据上摁下了红手印。

没有了兰花日夜相伴的老齐，心里总是感觉空落落的，他三天两头往齐强强家跑，跟兰花拉话，有时候顺便在齐强强家吃饭、睡觉。时间久了，齐强强的媳妇不乐意了，在一次争吵中，她说这家分了跟没分一样。

齐强强找齐壮壮说了这事，齐壮壮又跟老齐说了这事，最后老齐火了，他大骂了齐壮壮和齐强强一顿，骂他们不孝，骂他们良心都被狗吃了。老齐发火时，老伴用力拉住老齐，嘴巴里咿咿呀呀说了一大堆。

村主任来了。村主任说，分了家，立了字据，规矩，不能成方圆，大家要守规矩。村主任的话说得在理，老齐也不反驳，他低着头一瘸一拐地走出了齐强强家的大门，眼泪顺着脸上的皱纹滴到脚下的土路上。

从那以后，老齐的精神就变得恍惚起来，身体也一天不如一天。

来年春天，兰花查出癌症晚期。医生说治不好了，让老齐带兰花回家。兰花苦苦撑了一个夏天，撒手人寰。兰花下葬之后，老齐再也没去过齐强强的家。

老伴走后的那个秋天，老齐也一病不起。游离在生死边缘的老齐，眼前浮现的画面是齐强强和齐壮壮出生的那天。

那天，老齐家门口盘旋着两只欢腾的喜鹊，黑白相间的羽毛映衬在蔚蓝色的天空中。那天，老齐进屋后看着脸色苍白、大汗淋漓的兰花，禁不住流下了幸福的泪水。